OKAZAKI

オカザキ・ジャーナル

岡崎京子

平凡社

JOURNAL

もくじ

オカザキ・ジャーナル

コトバのカタログ
植島啓司と岡崎京子のFAX通信

オカザキ・ジャーナル

1 私は負けません

こなさんみんばんは。今回から「週刊オカザキ・ジャーナル」を始めるオカザキです。一年間続ける予定です。かんじが少ないから読みやすいと思います。目標は〝目ざせ「ブラックアングル」を!!〟です。『週刊朝日』を後ろから開かせるというアレですね。私もヤマフジ画伯と同じ漫画家のはしくれ。がんばりたいと思います。

それにしてもナンです。私のような、四、五年前までは自販機エロ本でちんまり仕事をしていた者が、「天下の朝日」に一ペエジいただけるのだから良く、分かりません。世間様の大多数を占める心ない人々の中には「朝日に載ると流行はオワリ」、ということを言う人がいますが、私は負けません。人間万事塞翁が馬、です。かくいう私も〝ティラミス〟が朝日新聞の「フジ三太郎」に載った時にはがっかりした一人ですが、ファイト！と高らかな声を上げて前向きに生きてゆきたく思います（余談になりますが、今回この連載を始めるにあたって候補タイトル名が「平成ハルマゲ丼」であったことをお伝えします。そして私はソレを泣いて変えてもらったんでした。矢張り、人から「オカザキさんの平成ハルマゲ丼て……」と言われる時のきもちを考えるとねえ？）。

それにしてもナンです。「言いたいこ

1991.1.4+1.11

とや言うべきこと」が（一見）何も無いような（終わってしまったような？）状況で、「何かを言う」のはムツカシイです。隣り家が火事になっても隕石が落ちても親が死んでも宇宙人が来ても「あ・そ」、で片づけられる（片づけてしまう）ような感覚は確かに私達の体に芽ぶき増殖しています（ベルリンのかべやイラク戦争を「そうか、大変だなぁ」の合計九文字で終わらせてしまうようなヤツがいますが、それは私です。トホホ）。

昭和享年と奇妙にクロスした八〇年代は〝解体と終焉、それに対する期待と待機〟の時代でした。今思えばアマかったものです。「平成」と「九〇年代」という解体と終焉にさえ見はなされた時代にどっこいそれでも私たちは生きています。私はこの「どっこいそれでも」というところに秘密をかぎつけました。そしてそれをクンクンしながら勝手にジャーナルします。

2

やっぱ国産は……

この前、フト、気がついた。私の中の〝血中ガイジン度〟とゆうやつに、だ。

あるひ、鏡の前で口紅を国産の紅筆でぬっていた。ら、ヌリが弱い。そのとき私は「やっぱ日本産はダメねぇ、やっぱおフランスのリス毛じゃないと……」とうかつに思い上がっていた。

しかし何だ。この「やっぱ国産は……」というナゾの国籍不明ハイカラしゅみは。こういったことを思うとき、ココロはもう、ガイジンである。オゥ・イェイ・プリーズ、である。

舶来にナリキル、というのが文明開化よりの私たちの悪習とゆうか、「ワンランク上のニホンジン」になるための習い事であったと思う。ガイジン（この場合もちのロンでWASP的白人）により近づくことが、より上のステイタスを得るってことで。

まぁ考えてみりゃムダとゆうかバカとゆうかどうでもいいことでは、ある。結局私たちはガイジンになれないんだから。最近はホワイトよりブラックのほうがカッコイイという風潮もあり、よりクロく、より黒人ぽくマネとゆうかアイデンティファイする人も多いが、何だかなー。

かといって演出されたジャパネスクに「ああ、私たちってやっぱ日本人……」と勝手に盛り上がるのも、何である。和

1991.1.18

食とか懐石がけっこう流行してるけど、その楽しみ方は外国人旅行者が浅草の浅草寺いって「ワーンダフル」に近いような気がして面白いけど、やっぱねじくれちょるよ。

浮遊し切断され、いわゆる「ジャパネスク」は管理されたものになっている。そうしないと、なしくずしに無くなっちゃうんだからだろうか。国宝とかに近いかもしれない。

管理、という言葉で思い出したが、いわゆる「おふくろの味」というものも管理され強要され演出されたものである。「ひじき、肉じゃが、きんぴら」と言えば「おふくろ!!」とパブロフの犬が応えるように私たちは教育されているんだと思う。誰のインボーやねん、と私は思うが、きっとこうすることで得をする人がいるんだろうな。それにしても誰かに得をさせるために生きてると思うと、悲しひ。

まぁ今は「ワンランク上のニホンジン」になるためやっきになるのもアウト・オブ・ファッションて感じ。昭和四五年以後生まれた子供たちは「ノーランクのアメリカ人」のようであるし。私としては在日観光日本人として「血中ガイジン濃度」を上げ下げして毎日生きています。ポコペン。

3

我買う、ゆえに我在り

しかし、なんでこうも私は買い物が好きなのだろうかしらん?

ほぼ、毎日、買い物をしない日はナイ(というのはウソで何故なら一日中一歩も外に出ない日も週にいくどかあるから)ナイったらナイって感じで、ある。

一応、ワタクシは在宅職業婦人であるとともに主婦でもあるので、みりんやらお米からショーユやらドレッシングやらタワシ、ゴミ袋その他の「生活ひつじゅひん」ら必須アイテムの買い物は当然のいたしかたナイことだが、だが、しかーし。つい気がつくと服やら靴やらアクセサリーやら小物やら買っているのであった。

今日もアンティーク屋で一人三〇〇円で「サザエさん一家」のビニール人形がバラ売りされていて、結局ワカメとカツオをのぞいた全員(つまり、サザエ、マスオ、タラちゃん、ナミヘー、フネさん)を買ってしまった。ドラミちゃんも買った。いいけど別に。

「我買う、ゆえに我在り」、と言ったのはアメリカのアーティスト、バーバラ・クルーガーでありますが、なんかミもフタも無い言葉では、ある。この人はこういった「ミもフタもないことば」をTシャツやらぼうしやらにプリントしてメッセージして、売っている。私も欲しいな、"I SHOP THEREFORE I AM" ってプリ

1991.1.25

ントされたTシャツ。その場合、しもふりグレーに黒インクがいいな。

買うこと、買い物《ショッピング》すること。

それ、によって得られる私たちの恩寵と、そして失われる何かについて。「買う」ということは一体本当はどんなことなのか？ 「売る」ということは一体どんなことなのか？ 私たちは一体、本当は「何」を買っているのか？ そんなことについて考えなくても、サイフをあけてお金を出せば（カードを出せば）買い物はできる。できます。やってます。

『ロザリー・ゴウズ・ショッピング』という映画があって、それは主人公が反省も良心の呵責も無く（お金も無いのに）ぎぞうカードで買い物し続けるってやつなんだけど、見て私が思ったのは「買い物って一種の精神セラピーなんではないか？」ということ。治癒療法としてのショッピング。おくすり（またはドラッグ？）としてのお買い物。でも何に対して？ 何に？

多分、まぁ、私も「買い物中毒患者」なんだろうな。この項、続く（きっと）。

4

ドラッグレス・ドラッグ

(前号から続いた)。まぁ、つまり、結局薬局放送局、「買い物《ショッピング》」は私たちのドラッグレス・ドラッグであるということ。高まるテンション、長続きしないエクスタシー。次の刺激、もっと強い刺激を求めてデパートふらふら、ショッピングモールうろうろ。そんな感じである。

なんたってブツはいたるところに売ってるし(一本二〇〇円のダイコンでだってソレ、は得られる)、必要なのはお金だけ。知恵も勇気もいりやしないし。お金があれば買える合法的な刺激。だれも別に困らないしオコられないし。むしろヨロこんでもらえるし。誰に? 広告代理店に。内需拡大にもなるし。一種の国内アヘン戦争ではないか? これは。

まぁ、いいけど。

私たちが「買って」いるのはシゲキゲキゲキだけではなく「安息」とか「心の平安」とかだったりも、する。買い物をすると何となく「やりとげた」というたっせい感があることもいなめない。まるで宿題を出した後の気分のように。巷でみかけるおびただしい数のギャルちゃんのヴィトンのかばんたち。多分、女の子たちの多くはヴィトンを初めて手に入れたとき、「やっとニンゲンのオンナになれた」と思ったのではないだろうか。一種の宗教のイニシエイションとしてのヴィトン、またはシャネル、またはエルメ

1991.2.1

ス。最近はブルガリのスネーク時計までグレード・アップしてて、それをもってないと「ニンゲン」じゃないというウワサまである。ホントか？　私なんかそれじゃ犬以下である。わんわん。早く人間になりたひ。

愛・宗教・または六〇年代に「セックス&ドラッグ・ロケンロール」と呼ばれた衝動がすべて、「お買い物《ショッピング》」という行為にぎょうしゅくされ代償され変換されている（かのように見える）。それはすごく「ポップ」なことだ。とても「ポップ」。世紀末、なんてうつむいた暗いもんじゃない。私たちは「まだ」ポップの時代にいるのかしらん？

六〇年代のヒロイン、イーディは買い物マニアだった。金も無いのにツケで買って買って買いまくる。そして彼女のひととき恋人（？）だったアンディ・ウォーホルも買い物ジャンキーだった。アンディ。消費の王様、ポップの帝王。「何もしないこと」を売った男。

まぁ、とりあえず私は買い物し続けるだろう。そこにモノがあるかぎり。でも無くなっても平気だよ。だって別にどうでもいいんだもん。そのときまではへこたれないぞ。買って買って買いまくろう。買うもん無くなったら、それでジ・エンド。さようなら。

5

「人工」の美女!?

ストレイト・パーマをかけた。

夏にかけたパーマネント・ウェイヴはドレッドがかかったぐりんぐりんものだったんだけど、今の私はもー、サラサラおぐし。何かすごい。これもひとえに化学とぎじゅつのお陰です。ありがとう化学。サンキュー・ぎじゅつ。

んで、ちょっと思ったんだけど「ヘア・スタイルの加工」というのは日常的にナントモニントモカントモ感じられない行為だけど、これが「身体の加工」という行為になるとどーなんだろう? というこ とを。ま、髪も身体の一部なんですけどね。

産業としての「身体加工業」は近年伸び続けているはず。TVのCM、どんな女性誌にも載っている「うつくしさへのステップ・アップ」の広告たち。美容整形、エステティック、痩身術、バスト・アップ、脱毛、脱色etc……などなど。今でも『明星』には「ミクロゲンパスタ」の広告は載っているのかしら?

最近のトレンドは「脂肪吸引」で、チューブをさしこんでいらない脂肪を吸い取っちゃうってヤツ。コレはイイ。何たってウエスト5センチ~12センチ減だ。傷口はとてもちっちゃいらしいし。つい目がいって熟読してしまうペエジである。何たってウエスト12センチ減だ。

近年かなりハンジョーしているハズの

1991.2.8

この産業、おそらく多くの「患者さんたち」がいるハズなのだが、水面下で出てこない。エステなら「やっぱ女のたしなみじゃん、えーからあんたもやんなよ〜」という人はいても、整形となると「やっぱヨメに行く前にメとハナぐらい直しとかなきゃ〜。コーカちがうしィ」と明るくススめる人はあまり、いない。私たちも明るくそんな話をあまり、聞きたくないし。

でも、何で？　整形者は自然ハカイ者だから。母なる自然をボートクした悪い子だから。しかしそもそも「自然」とは何ぞや？

『ヤング・サンデー』誌で連載している小林よしのり氏の『最終フェイス』は女性のうつくしさに対する欲望をめぐるお話で（すんごく面白いからみんなも読もう）ここで「全身整形美人」というのがでてくるのだけどコレが、スゴイ。スゴすぎましゅ。自分の欲望によって「天然」とか「自然」を超えてふんづけてポイした「人工」の美女。一種のフリークスである。こーゆーのってすっごく「野蛮」だと思うけど、でもすっごく好き。私も勇気があればウエスト50センチ台に挑戦するんだけど。ピアスの穴も開けらんない私は只の気弱なナチュラリスト。ださいですね。

6

『京京の夏休み』

バリに行ってきたです。

台湾の愛らしい映画で『冬冬《トントン》の夏休み』とゆうのがあったけど、そんな感じにすごしてきたです。本当は「冬休み」なんだけど、行ってみればあちらは南半球の南十字星ひかる熱帯。だから『京京の夏休み』、です。マジック・マッシュルームも食べなかったよ。バリとゆうと「悪さ」とゆうことになっていますが、あんな気もちのいいとこ、いるだけでハイになれるから私は、いいです。男も買わなかったよ。ダンナもいたし。「悪さ」をしたい人はクタにいるといくらでも出来る（みたい）。私たちはやっぱりホラ、ちょっとインテリじゃ〰〰ん、ということで（どういうことだよ）、芸術村のウブドゥにずっといたです。

ウブドゥは、いい。いいとこです。

毎日ダンスかケチャか何か観れるし。街歩くと、ちびっ子たちがガムラン練習してたり、おどりを練習してるし。

「やっぱ、ホラ、ちょっとオレってインテリじゃーん」と思う人はぜひウブドゥに来て下さい。ご満足いただけることうけあいです。ホテルはTjampuhanがグーです。フロントの人が「ニホンデセンデンシテクダサイ」って言ってました。でもここは本当にグーよ。ベリベリナイス。

ごはんも美味しいとこである。

1991.2.15

植島啓司氏が「世界で一番おいしい」と言ってらしたスパゲッティも食べたし。ロータス・カフェのフレッシュ・トマトのやつも。蓮池を見ながらぼんやりとテラス席でつめたいワインと一いっしょにいただく。

極楽。

ん〰〰、という感じ、である。

しかし、これでいいのか？

そう、こんなフヌケていていいんだろうか、こうもカンタンに「リラックス」出来ていいんだろうか？　という声がする。東京での生活。いつ誰が心臓マヒを起こしてもおかしくない日常、忙しく疲れ果て飽き果て、すりきれた私のトーキョーシティー・ライフ・デイズ……。

これでいいのだ、と頭のすみで声がする。

これでいいのだ。バカボンのパパの言葉である。そう、これでいいのよね。トーキョーの「幸福」はかなりこんぐらかっているけど、あそこで私の幸福はとてもかんたんで素直な形をしていました、です。

が、永遠の夏休みなどあろうはずもなく、今私はこの原稿をトーキョーで書いているよ。

やだなぁ、もう。帰りたくなかったよ。くやしいから次も「バリへん」だ。

続く。

7

「本当の戦争」

海の向こうで戦争が始まった。

そのこと、に対して正直いってどう対処していいか分からないで、いる。

対処、といってても善良な世田谷一区民であり、おポンチなマンガ家さんである私が遠くペルシャ湾近くの事態に何を出来る訳ではない訳で（海部、それにしても情ケナイぞ。あの人ったら何か）、つまりどう考えて良いかが分からないでいるのであった。

リアルな個人的な関心問題としてはアラブ民族運動その他のデータが頭の中にインプットされていないし、関係なしのエンターテインメントとして単純に「面白がる」にはとてもヘヴィなニュースだし。なんたって、これはモノゴコロついてから初めて自分の目で可視できる「本当の戦争」なのだ（ベトナム戦争のことは良くおぼえてない。何しろ小学生の頃だったし）。よく分からんがスゴイコトだと思う。何たって「本当の戦争」だもん。

とりあえずよく分からないままTVのスウィッチをつけっぱなしにしといてある。新聞も通常時の一〇〇倍、目を通すようになった。やっぱメディアの力ってスゴイなぁと感じいる次第である。知らないことを知ってしまうんだから。でも情報が増えても私が分からないのは、どー「戦争」ということに対して考えるべきか、なんだから。個人的に「フセイ

1991.2.22

ン」という人に興味がないことは、分かった。あたしゃ、あーゆー顔の人、好みじゃないしさ。

「戦争」とくれば「平和」だが、「平和」というのもうさんくさいものだ。

「息子を、恋人を、夫を戦争に行かせない為に戦争反対!」という母性神話じみた反戦主張。私は個人的には好みでない。言うことは、もっともで良く分かるが、もっと世界には母性にとってアンビリーバブルなことが起こりうるはずだと私は信ずる。

「人間は戦争する機械である」という言葉があって、誰が言ったか忘れたが、この世に存在する言葉の中で一五番目ぐらいに好きな言葉だ。

　人間の機能としての「戦争」。

それ、は一体どういうものなのか? それ、はとってもとっても興味がある。知りたい。うっとりする。何だか、とっても、すごく。
　なんて「おとぎ話」のように浮わついているとTVにガスマスク姿の人々の映像が映る。イスラエルの市民だ。本当の「戦争」。病院に人がかつぎこまれ、若い兵士がすでに何人死んだろう。私は混乱する。「本当の戦争」に。

8

濃密なバリの密度

戦争が続いてるから（？）、一回とばして続いた。しつこくて、ごめん。

前回だけだと「バリってナイスでリーズナブルなラブリー・リゾート・アイランド」という面だけ言ってしまったようで、「何か悪いな」と思ったもんで。何に対して？　バリに対してです。またはバリの密度、バリの精霊たちに対して、ね。

バリは濃密な島だ。ただ流れる時間も、それはたっぷりとした滋養あふれる透明なミルクみたいなもんで、体の中を通過してゆく。だから何もせず虫のようにぼおっとしていても別にかまわないし、たいくつじゃない。密度のつくりだす時間。

びっしりと、すみからすみまで描きこまれるバリ絵画がなぜそのような様式をもったのか、わかる。風景の情報量があまりにも多いのだ。ジャングルのおびただしい数の様々の植物たちが遠近法をすいとってゆく。遠近法。ヨーロッパの視覚的技法がここでは役に立たなくなる。無効になる。バンブー、やしの木のしげみから突然現れるうつくしい職工の工芸品のような水田。それは階段状になっていて貴婦人の宝石箱を思わせる（バリの水田にくらべると、にほんのたんぼなんて何て単純でキマジメなんでしょう。工夫がナイのよね、工夫がさ）。足元をみると草と土の中に無数のありんこが時速

1991.3.1

100キロメートル（すいてい）で動きまわっている。すごいな。ありって。

　地上にあるものがすべて聞こえない信号を発し反射させ世間をみたしている。

　それ、は私たちを少し不安にさせる。それは私たちにんげんには処理しきれず管理しきれない類と量の情報だから。うつくしくも恐ろしいものに過剰につつまれている感覚。自意識とか自我とかが無効になってしまうような。トランスは多分そこからやってくる。

　バリの人々はそこんとこをスマートにエレガントに礼儀正しく対処して生きている。恐ろしいもの、うつくしいものに対するエティックさに満ちている。おだやかな人々。

　バリに行くと小泉八雲のきもちがちょっとだけ、分かる（気がする）。ラフカディオ・ハーン。気の弱い西洋人。彼はかつての日本を愛し、何かを見つけて、死んだ。私はあそこで何か見つけたかな。

　まぁ、帰ってくれば只の日常ってやつで相変わらずの生活をしてて、ちえっちえっ、ってやつなんですけど。そして空虚な中心をもつ情報の密林都市は相変わらずたいくつだ。

「やっぱ、エレガンスと野蛮さかしら？　ここで必要なのは……」とオカザキはつぶやいた。聞く者は誰もいなかったが。

9 頭ボー状態

そーれにしても全くやる気が出ないのは何故でしょう？

やる気ナッシング。お先ダークネス、である。『やる気マンマン』とは横山まさみち氏のマンガでありますが、「やる気ナシナシ」とゆーマンガでも描こーかな。何となく面白い気も、する（ほのかに）。

春の海、ひねもすのたりの蒸気船という感じ。忙しいのになぁ、実は。

ボ――。

頭まっ白、バカ状態である。

でも、まぁ、これが初めてのバカ状態であるはずはなく、思えば生まれてこの方ボーッとしていたような気も、する。よく生きてこれたわよねぇ、とも思う。ありがたいことである。私はそのことを考えるとちょっとだけウレシイ。

それはともかく今まだ世界は戦時中である。「戦後は終わった」「まだ終わらない」の声が未分化のままエコーとしてまだ残る中、私たちは戦時中の人々なのである。へんな感じ。

へんな感じ、と思うのがこの戦争を「良い」「悪い」という二元論で判断し語ってしまう人々のことである。まぁ大体が「悪い」と思ってらっしゃるようだけど。まるで多数決で決まる「素敵な正義」があるみたいに。でもそれって単純じゃあないかしら。それって本当に「戦

1991.3.8

後民主主義のワナ」ってやつじゃないかしら（TVの国会中継をひねもすのたりと見てたら社会党の土井女史が「戦後民主主義」そのもの的な発言をしていたと記憶する。頭ボー状態だからワカンナイけど、「へんなの」と思ったのを覚えている）。

　結論を常に用意しないと安心できないというどんかんさ。「良い／悪い」という道徳の時間的二元論でまずものごとを「解釈」してしまうお目出たさ。そして私たちはいつでもこの二つの「ださささ」の誘惑にさらされている。だって安易だし簡単なんだもん。凡庸であることはリーズナブルで気楽、なんだと思う。

人生なんて
やる気ナッシング
お先ダークネス状態

　知り合いの大学生の男のコが渋谷のハチ公前で戦争反対の〃ダイ・イン（ハンストのよーなもの）〃をしているという。何だか、一生やってなさいという気がする。それにしてもやる気が出ない。蒸気船がボー、だ。

　何故だ？

10

孤独な〝超グー〟

私は今、超ねむねむである。超ねむねむ。非常にとても眠い、という意であるが、これが二七歳の大人のいうことであろうか。江戸時代ならうば桜もいいとこの大年増であろう。さらにはお歯黒で笑うと口先ピカッとまっくろであると思われる。良かった。江戸時代に生まれなくて。

しかし、こんなくだらないことを書き連ねながら私は何を言おうとしているのか？　忘れた。何しろ私は超ねむねむなのである。何かに対する隠喩や暗喩ではなく、ただただ眠い。それは、いとうせいこう氏の著作『ワールズ・エンズ・ガーデン』を一晩で読んでしまって気がついたら朝の九時で、めんどくさいからずうっと起きているからであった。

超グーであった。

「GOO」と言えば『ミュージック・マガジン』誌で九〇年度アメリカ・ロック部門で一位となったソニック・ユースのアルバムタイトル名であるが、まあ、関係ないか。超グー。非常にとても素晴らしいという意である。

一晩で一冊の小説（三六〇ページ強におよぶ）を読みきるということは最近なかったことなので、そのこと自体に私は少なからずおどろいていたりもするのだが、私が言いたいのはそんなことではない。

1991.3.15

だとしたら私の言いたいこととは何かというと実はよくわからない。

ただ、私の三〇時間以上眠りを与えられていない、たわんでユルユルの脳の中で「いとう氏は長期戦を決意した」というフレーズが何回も何回もぐるぐるまわる。長期戦。決意。

　私はこの小説を解釈しない。この小説を同時代SFとみなし、そしてセックス・ドラッグ&ロケンロールならぬバイオレンス・ドラッグ&レリジョンの時代の冒険小説、または自己と他者の境界をめぐる「関係の物語」であると、私はあなたに言うことが出来る。

　だけど私もあなたもこの小説の「絶対的な孤独」を分かち合うことはない。

　超グーなものはいつでもどこでも孤独なものだ。私はこの本による救いを求めない。それがおかっぱ頭の小さな兵隊、S・Iに対する最小限の敬意と信じて。

そして私はまだ眠い。

11

日常のピンチ

私たちは「日常のピンチ」にかこまれて暮らしている。または「ピンチの日常」とでも言えるけど。

ピンチ。それはいたるところに転がっている。たとえば、あまりに眠くて電話に出れずに編集者との打ち合わせ（または原稿渡し）をミスったり、自分でバイク便呼んだくせに原稿をドアばりせずに出かけちゃったり、出かければチコクするわ場所まちがえるわで、へとへとになって帰ってくれば留守電はパンパンで聞けばナミダが出てくるよーな事柄ばかり（書きなおし、とかもー〆切り、とか早くクリーニングしたものとりに来いとか）で。

最初は自分のいたらなさから出たサビに謙虚に「人間失格」と思ったりもするが、段々それもサビにサビて来ると「ちきしょう！　私はこの世をニクム!!」と筋少のオーツキケンヂ氏の歌詞のように私の小さな胸は暗くメラメラと燃えたぎるのであった。

まあ、「人間失格」という甘い自虐はいともカンタンに「この世のバカ」という責任転嫁に移行するものですけど。関係ないけどいつか私は「人間合格」とゆう作品をかいてみたいです。

「日常のピンチ」というのは、たいていごくささいで他人から見れば「へ」でもないことが多く、さらには原因が本人の

1991.3.22

マヌケさから発生する場合がほとんどなので、その問題が重要視されることは少ない。だがしかし、実はその「全然たいしたコトないコト」が「すごく大変なコト」だったりするワケで。まぁ、その「日常のピンチ」にす早く対処し適応し飼いならすということが「成熟」であり「オトナじゃーん」というコトなのかも知れないけど。

　でも、今、私がとてもとてもとても知りたいのは皆様個々の人間がどう「日常のピンチ」に反応してるかってこと。表層的には情報は飽和し均一化をたどってて世界の情勢とか明日の天気、何がどこで売ってるとか何が一応流行《はや》ってるとかはメディアをのぞけば何となく、分かる。でも沈澱する個々の無意識が「ピンチな状態」にどう暴走するか？　それが知りたい。アクセスしたい。したいのよ。

平成三年。日常のピンチが無意識の原子炉大バクハツをいざなう。

12

メディアのパパ、ママ

とある日（去る二月一七日だけど）、青山のスパイラル・ホールでナカノヒロユキ氏のゴキゲンでピースフルなビデオを観ている間にイラクが停戦を言い出したりしてて、知った時はハレホレヒレハラ、ちょっと拍子ぬけしたけどこれからどーなるのかまだ全然分かんない。この号が本屋に並ぶ時にはまた状況が全く変わっているんだろうな。

どんな印刷メディアもその工程がある限りどんなに急いでもTVとかの電波メディアにくらべればやっぱ「のろま」であることはまぬがれないんだろうな。このペエジは色付きだからなおさらだ。そして私はこの印刷物のなんか笠智衆の演ずる老人みたいな「のろまさ」をこよなく愛す人の一人ではある。好きよ。グーテンベルグ。

伝達するハードな速度としてはTVはとても「ハヤイ」が、そのソフトの内容はとゆうと限りなく「とろい」。終わってるものばかりといっても50パーセント以上過言ではない（と、思う）。または終わりかけているものか。「ニュース」というネタの鮮度が命のような出前番組以外はすべてヘタくそで時代おくれな味つけのデパートの食堂のAランチ（ハンバーグ・エビフライ・ポテトサラダ・ライス）みたいな定食番組ばっかり。

「下らなくて安っぽいからサイコォ」と

1991.3.29

いうキッチュな観方を強いるには、変にオシャレぶってトレンドに対するスケベ心がチラチラ見えるので「キッチュ」という言葉に申し訳ないし。『不思議少女ナイルなトトメス』ぐらいスゴイとちがうんだけどさぁ。『カリキュラマシーン』てシュールな番組だったにゃあ。関係ないけど榎本俊二氏のまんが『ゴールデンラッキー』はほのぼのしつつシュールでものすごく面白いので皆さんチェック・チェック。

まぁ私は最近のTV番組に対しては「ダサイ・ヒドイ・ボケてる」と悪口ばっかりになってしまうんだけど、これもひとえに愛の裏がえし（ということはやっぱ憎しみか?）ってやつかも知れない。TVをメディアのパパ、ママとして育った子供がちょっと年をとってズレた中年になってしまった親を「とろい」と小バカにしてしまうってわけ。でもやっぱ私は今の「愚鈍な両親」を、恥じます。

13

やっぱ、温泉です

こんな世の中ですが、私は伊豆は伊東の温泉に行ってきたですよ。一泊二日。露天風呂。申し訳ないことに、この旅行はGONTITI（すてきな二人の天国ギター音楽家）のファンクラブ主催なもんだから、もー宴会場ライブはあるわ、「ビンゴ賞・貴女の部屋でこっそり♡プライベートライブ」はあるわ、バナナワニ園見学はあるわの「超おいしい」話なのであった。ミック板谷氏イラスト・デザインのGONTITI・タオルもお土産にもらってしまった。お邪魔させていただいてありがとうございました。次のチャンスは。秋だ。極楽温泉ツアーに参加したい人はすぐGONTITI聞いてファンになってファンクラブに入ろう。

しかし温泉の一泊二日は楽しくても、疲れる。次の日使いもんにならん。一緒に行ったギャル四人のうちマガジンハウスのハラダなんてカゼひいて次の日、会社休んでやんの。私もよく日、昼の三時までねてたが。ツア・コンの川勝氏は食べすぎでねこみ、原稿おくらせたというウワサも、ある。こんなことでいいのか？

でも、日本の地方旅行っていいな。もちろん、地方に「住む」ということとは別である。観光客としての「地方」、ね。サイト・シーイング。

今の私には「東京という場所」がとて

1991.4.5

もとても「TOO・MUCH」なんだけど、でも「東京という場所」以外には住めない（生きてかれない）のも知ってい て。東京の奴隷とゆうか、腐ったおまんじゅうに生育する一種のカビとか粘菌みたいなものですね（関係ないけど東京というとこはN・Yの「ビッグ・アップル」というような敬称（?）をもたないとこだ。もしそういう比喩を東京に使うなら「ビッグ・菊の紋まんじゅう」という気がする。もちろん、あんこの中心は空虚な空洞なの）。

でも本当のカビとか粘菌は電車に乗れないけど、私は乗れます。歩けます。旅行はいいな。行くまでがめんどくさいけど。やっぱ日本人は温泉です。こんな世の中だが温泉旅行はトランプゲームの「パス一回」だ。

熱川に行った人はバナナワニ園だけでなく、駅の売店もチェック。『押して健康・足のツボ』（山口青旭堂発行）という本は疲れた貴兄にピッタリ。ご参考までに、ね。

14

ナニが「少年の心」だッ!!

こなさんみんばんわ。

私も最近すっかり、「今どきの若いモンの考えるコトときたら……」という気分ですが、いかがお過ごしでしょうか?

さて私のところにはけっこう色々な雑誌が送られてくるのですが、それらの雑誌を読む時間が一日のリフレッシュタイムだったりもするワケです。

私が今一番楽しみにしているのが、毎週送られてくる『週刊女性自身』です。〝ごちそうメッセ〟や〝悪女聖書〟など目が離せない内容がてんこもりです。私としては、あと『微笑』と『女性セブン』が送られてくれば言うことないんですけど。とにかくミルクたっぷりめコーヒーとクッキーで『女性自身』を読んでる時は私のホット・タイムです。

問題は三月一〇日号の『ホットドッグ・プレス』です。この号は「快適ひとり暮らしバイブル」とうたいあげており、ナウなヤングの一人暮らしバンザイ内需拡大バンザイという大変けっこうな特集だったのですが、私、キョーガクしてしまったことがあるんですのよ。

それ、は4LDKのマンションにひとり暮らしでバイトなし仕送り一五万とゆうバカ息子を見つけたことではなく、他のサンプル例として出てきた男の子の一人が、いくつになっても男は少年の心を持っていたほうがいいと思います、とい

1991.4.12

う発言をしていたからなのでした。

ショオネンノォ？　ココロォ？

少年は「少年の心」という言葉を使った時からオヤジになる。何故なら本当の少年は自分が少年であることにうしろめたさとごうまんさと恥ずかしさをもってるはずだから（モリマリか？　私は）。そして少年の時期を引退してやっと「少年の心」と自分の過去を対象化できるんだと思う。ちなみにこの男の子は一八歳ぐらい。一八歳で何が「ショーネンノココロ」だ。何が「いくつになっても」、だ。やんなってしまうワ。そんなに早くリタイヤしていいのか？

全く本当に最近の若いコの考えることは分かりません。一つだけ分かったことは、昔も今もこれからもきっと私は「大学生の男のコ」というのがキライということです。理由はコドモのくせにオヤジだからです。

人妻のとある昼さがり….
全くモー
サイキンのコったら
あー
仕事
したくない
コトにマジになるのも
と

15

ロウティーン・ポルノ

お風呂はやっぱり気もちがいいなぁ。あの松本伊代ちゃんが「髪が傷んだ時もこれでO・K」と言ってらした〝マッド〟のヘア・トリートメントもしたことだし、気分よく『朝ジャ』の原稿でも書こうかなっときたもんだ。です。

ところで今、あの小学館の『小学六年生』が超オモシロイ。

何たって表紙は玖保キリコ女史、キャッチ・コピィは〝ぼくたち情報新原人!!〟〝ハイパーキッズ宣言〟〝ティーンの生活総合誌〟だ。

四月号の特集は〝緊急レポート・湾岸戦争・ハイテク兵器の恐怖〟〝まんが現代史・ゴルバチョフの危機〟そして〝恋人たちの時間・抱きしめて〟〝失敗しない生理用ナプキン選び〟である。ナベゾこと渡辺和博氏の二色四ページ流行解析まんがもある。もちろん〝のび太〟付き。

フリッパーズ・ギターのお二人も好きな『ポップティーン』よりカゲキでしかもタメになる雑誌、それが新生『小学六年生』だ(エアゾール爆弾のしくみ、とかマッキントッシュ入門とか、とかく門外漢には分かりづらいことをトテモ分かりやすくティーチしてくれる。このシンセツさが私には、ピッタリ)。

とまぁ、もしかしたら今、ある意味で日本で一番「高度な」雑誌であるかも知れない『小学六年生』ではあるが、当の

1991.4.19

六年生たちは「ケッ、あんなんでさわぐなんてやっぱ大人はダサイぜ」という意見かも知れない。そして実は『ログイン』とか『ポパイ』とか『月刊ふな』とか『スコラ』とか読んでるかも知れない。すごいぞ、毎月『近代食堂』とか購読してる子がいたら。あと『おとなの特選街』とか。

でも、まぁ、コドモなんて、思ってるよりずっとオトナなもんだ。私だってコドモの頃のほうがオトナだったとある部分では、言える。

私としては、〝君もつくれる・お家でハウス・ミュージック〟とか〝あのこにアタック、マドモワゼル・トキのラブ・ホロスコープ占い〟とか〝日本人とコメ（文・監修・柄谷行人）〟とか〝映画を見よう・六〇年代SF編〟とか〝ロウティーン・ポルノ小説・エマニュエル小学生〟などが見てみたい特集および記事ではある。

悪くないと思うんでしゅけど。

16

エジソン博士の発明品

とうとうアナログレコードの国内生産が中止になるらしい。今秋。合掌。

考えてみると、ムーンライダーズが八二年頃『マニア・マニエラ』をCDで出した時、ファンの大多数が「バーカバカバカ、CDプレイヤーなんて誰がもってんだよ」と思い、そしてその中のある者は勇気を出してCDプレイヤーを買い、ある者は聴けないまでも一応CDを買ったという。今は昔の話ではある。

フツーの一般市民への普及率にくらべ、レコード・マニア、ミュージシャンへのCD普及率は低く、遅かったようである。当たり前ではあるが。

私も割合と遅かった。私は新しいテクノロジーに対しておくびょうであり、ついでに面倒くさがりやなんである。テクノ・ポップは好きなんだけど、テクノロジーはかったるいからやなのであった。でもCDは便利で楽でカンタンなのであった。ふんづけてもけとばしても平気だし。

アナログレコードを愛する人の気もちも、分かる。あの30センチ四方のジャケット。レコードジャケットの発するあのオーラとかシンパシーはやっぱちっこいCDジャケットにはない。デザイナーの人もきっとさみしいでしょう。

でも、私はレコード盤に対するあの重

1991.4.26

い気づかいがヤだった。消耗品というよりは最初からコットウ品ぽくてすりきれるのが恐くて傷つけるのが悪くて、まるで大事な他人の娘さん（しかも処女）をあずかってるようにしなくちゃいけないのが理不尽だった（別にそうしなくてもいいんですけどね。やっぱ〝エジソン博士の発明品〟という感じがしますし）。

　CDとゆうのは最初から〝消費〟という感じに満ちていていさぎよい気もする。聴かなくなったら売っちゃえ!!　という気にすぐなるし。CDは、はすっぱなフラッパーだ。

　しかし考えてみればアナログレコードの歴史もたかだか一世紀ぐらい（発明されたのは一八七七年）なのに、なんだかずーっとあったみたいで、ヘンだ。映画も写真もやっぱ一〇〇年ぐらいでしょ？　TVは四〇年足らずだし。ヘンなの。私たちってすぐ歴史をつくってなつかしがっちゃうんだなぁ（と思いました）。

17

私の志集・三〇〇円

新宿駅に一人の少女が立っている。西口のJRきっぷ売り場そば、地下道へ下る階段の前の柱の前にいつも立っている。三、四年前からいつも立っている。もしかすると、もっと前からかな？　彼女はきゅっと口をむすんで「私の志集・三〇〇円」と書かれた段ボールのプラカードをもって立っている。彼女は立っている。まっすぐ前をむいて立っている。何も見ていない目をして立っている。少女よ、君は一体何者だ？

彼女をいつ、初めて見たかは覚えていない。新宿に行って気がつくとそこにいて立っているのだ。〝私の志集・三〇〇円〟の女のこ。見た人も多いだろう。だっていつもそこにいるんだもん。ふだんは全然気にもとめていないのだが（当たり前か）ふと、中村屋で打ち合わせして伊勢丹よってアルタ四階をチェックして夜のおやつに高野でクッキーを買って帰るというようなある日に、彼女に出逢《あ》うと「何だコリャ」と思うのである。その時いつも（〝私の志集〟かぁ、ちょっとチェックしよーかな、三〇〇円だし）という気もちになるのだが、結局は、しない。彼女のしんしなまなざしがコワいし、もしその「志集」が重くてメンドクサイとヤだからだ。そして私は彼女を忘れて小田急線に乗って帰ってしまう。小田急

1991.5.3+5.10

線の終点は江ノ島か箱根だ。そこまで行きてーと思いつつ下北沢に帰る。時には『ヤンマガ』をキオスクで買って読みながら帰る。

これが今までの私と彼女の関係だ。

ある日私と彼女の関係が変化した。彼女はその日、同じ新宿駅でも東口の改札近くにいた。一緒にいた夫（お調子者）が「ねぇ、アレ買おうよ」と言い出した。私は「えー、ヤダァ」と一応言ったがまんざらでもなかった。何たって〝私の志集・三〇〇円〟である。しかし。以下は夫と少女の会話である。

「一冊ください」「この志集は売れません」「……何で」「何故なら私がここに立っていることが志（詩？）なのですから」「……でもここに……」「読まなければわからない人は私の志がわからない人ですので。書いてある詩《し》を読みたいなら本屋で買ってください」「……何でここに立っているんですか」「それは私がそうしなければならないからなのです」……。

少女よ、君は一体何者だ？

18

ああ、お腹がへった

皆さんこんにちは。

ところで今、お腹がへっています。

泣きそうです。

でも食べません。

別に食べるものが何も無いんじゃないんです。外に出ればいつでもコンビニストアで何でも買えるし。今の時間だったら、その気になればモスバーガーで「てりやきチキンバーガー」と「コーン・ポタージュ」と「ティラミス」と「コーヒー」という立派なディナーもとれるけど（ちなみに今は午前〇時に三〇分前）。

ああ、飽食の中の飢餓とはこーゆうことなのでしょうか？　何でも食べたいのに何も食べたくない。ふと、水木しげる先生の「ドーナツ一個を食べるために何十キロも歩き一気に食べたその美味しさよ」という話を思い出し、我が身が申し訳なくなります。私は今、五分もあればダンキン・ドーナツで「フレンチ・クルーラー」やら「オールド・ファッション」やら「マン・チキン」やらたらふく食べることが出来るのに。でも行きません。

やっぱ太るし、ドーナツってビタミンとか繊維が少なそうですし。

「食べるために働く」とか「生きるために食べる」というのが人間とゆうか人類というか生物の基本だと思いますが、何となく今や私達は「食べることのキョー

1991.5.17

フ」にさらされていますね。「食べる」ということが「カロリーをとる」ということと同義になった昭和の高度成長期以来、女のひとにとって「カロリーはムダだ」という考えが定着しましたし。

　グルメブームとやらで「美味しくないものは食物にあらズ」みたいな思い上がった思想もはびこりましたし。

でも、かといってそれにハンパツして自然食のヒトにもなりきれない自分を発見します。やはり「近代以後の自然と人工とは何か?」と考えると、ウロボロスのしっぽ食べてる自分に気がついてしまうわけですし。

　ああ、生きてゆくことの困難さなんて、どこにでもころがっているものですね。仙人になってカスミでも食べて生きてゆきたい心境です。数万年前に生まれていれば、女だてらにマンモスを倒しに行く度胸はあるはずと自負していますのに。ああ、お腹がへった。誰かどなたかチキン・バスケットでももって来て下さらないかしら。

ぐー。

19

インチキ魔女裁判

相変わらずドタバタしている漫画の性描写規制にまつわる事柄について。

一応、私もそのギョーカイに身を置く者として一言、言っておこうと思って筆(ウソ、シャーペンだよ)をとったしだいである。

この「青少年に有害と思われる性描写の過激な漫画を規制する」という問題は少し前にやはり世間をドタバタさせた「ちびくろ事件」と少し、似ている。いや、そっくりかも知れない。具体的な被害者がどこにもいない、という点で(まあ一番の被害者は作家と出版社と読者だけど。私はこの問題のおかげで『おかま白書』のコミックスが手に入らないので頭にきてこれを書いているんだよーだ)。

自分の息子がオカシクなったら大変、とうろたえる母親が被害者なのか? 凌辱されるコミックスの中のキャラクターがそうなのか? その表現にガマン出来ないフェミニストたちが被害者なのか? それとも?

ヒステリックに母親たちが恐れているものは何なのか? これが本当の重要な問題だ。これは得体の知れない恐怖をまぎらわすために次々に魔女を仕立てて火あぶりにしたインチキ魔女裁判だ。ではその恐怖とは?

底上げされた「安易な」規制とやらは何の効力ももたないだろう。いや、事態

1991.5.24

は悪くなっている。たとえば表現の自由の問題とか。でも今までかつて本当に「表現の自由」なんてあったのだろうかという問題もある。単に野ばなしだっただけで。

性の領域というものが多層的で曖昧なりんかくをもち、ある欲望同士がお互いを侵犯し成り立たないものが成り立つという世界であるということ。過剰な人間の呪われた部分。それを見たい、もっと、もっと、もっと、というのはごく普通の人間の正常なカンカクではないでしょうか？

まぁこの問題では「女が単なる性の道具としてあつかわれる」ことがかなり重要視されてるみたいだけど、でも、ポルノに限らず他者をていのいい「モノ」として見たりあつかうのは日常茶飯な訳だし。〝自分がモノ〟になるという自我崩壊のプロセスとゆうのも気もちの良いものだと思うのだが。

それにしても世の中って生真面目なのね。私は少し、悲しいです。

20

泣けない時代

しかし、「八〇年代」とは何だったのだろう？

なしくずしの時代？

解体の時代？

もう九〇年代に入って一年以上が過ぎた今、なーにが「八〇年代」だBABYと言われるかもしれないが、やはり、ふと私は考えてしまう。「あの頃ってなんだったのかなぁ……」って。

まぁ、普通の人は別にそんなこと考えずに生きてゆくワケではあるが、私事として「八〇年代モノ」のまんがを『Cutie』というラブリー少女誌に連載している身としてはつい考えこんでしまう時もあるのである。

そーいえばそろそろアレの〆切りだなぁ……。今回どーしよう。

「八〇年代」とゆう時代はクリスタル的消費の時代であった、と言いきってポイする向きの方もおられるが、私にとって「キタイとキボウの時代」であった。何に対して？

「終わってゆく」ことに対して。

破壊、分裂、混乱、衰退に対するロマンス。退化してゆくことのきもちよさ。「物質化」してゆくことのせつなさ。それは「泣くこと」のたのしさにも似ていた。

そんなもので満ちていた「私の」八〇年代（正確には前期）。

皆さんもご存知のように「八〇年代」

1991.5.31

という時代の末路はみじめなものだった。「八〇年代（の後半）」、私は「だめ」になっていったものをたくさん見ていた。いろいろなもの。あれやこれやを。

私が今「八〇年代モノ」のまんがを描いているのは、別におセンチなノスタルジーではない（と思う）。ただ、私は「あの頃」をピンでとめてみたいだけ。写真をあのすっぱい液で定着させるように。個人的な「回顧展」。


この時代に生きようとする以上、「悪しき八〇年代的なもの」はすべてゴミ箱に廃棄するべきだと私は思っている。中々むつかしいけど。中々上手く出来ないけど。でもそうしないとやってけんよ。

今、世の中をうさんくさくさせているものは悪しき八〇年代の亡霊だ（と、思う）。一見リニューアルしてピカピカしてるけど実はもう中は腐っていて使いものにならないガラクタ。こわくないおバケ。でもおどろいたりして。

「九〇年代」は泣きたくても泣けない時代だ。

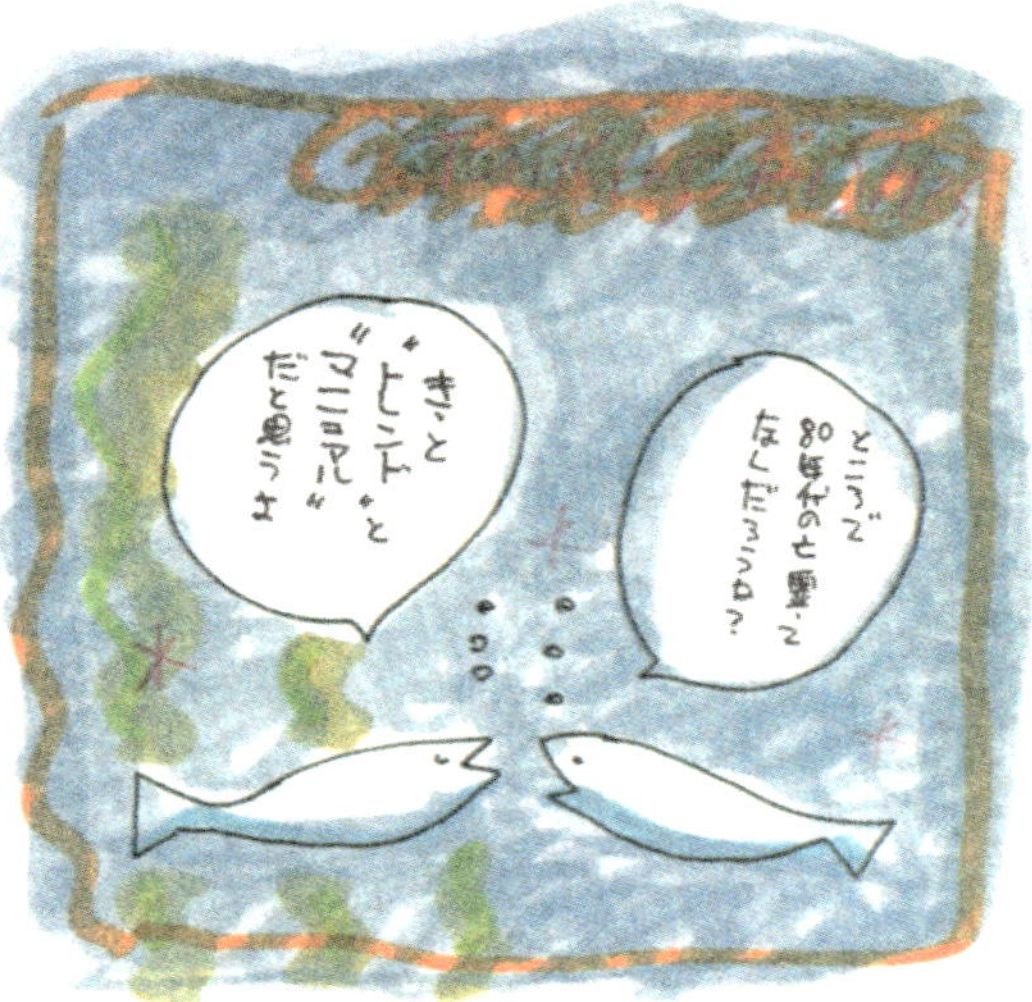

21

情報不感症

人は自分の人生しか生きられない。まぁ、だから人は本を読んだり映画を観たり音楽をきいたりするのだろうな。または自分でそれ、をしたり。

「全てのことをしたい、知りたい」と思って一生けんめいがんばっても個人には限度容量がある。時間の問題もある。大変だ。

自分の人生だけ生きるのがヤだから人は「情報」を求めるのかも知れん。しかしなぜ、私は宜保愛子氏の半生まで知りたがるのか？『君の名は』の不調によるNHKスタッフの心中やいかに、とか。関係ないじゃないか。

しかしメディアに流通する情報に関して、すでに私たちは不感症の極みではある。

雑誌やTVなどですでに消費されつくされている様々な〝平均的・平成ヤング生態図〟の数々。

私たちはそういった情報を「ある種のお約束」として受けとる。実際にはない絵空事。「ああ、私以外にもこんな青春があるんだな」とは、あんまり思わない（と、思う）。

だが、現実は情報を裏切る。

そのすりきれてマヒした情報と現実の差異に私たちは打ちのめされる。

そして私たちは感じる。

「ああ、他人ているんだな」って。

1991.6.7

妹から聞いた話だ。

彼女はゴールデン・ウイークに友人と四人でハワイに行った。現地で東京で顔みしりの人々と合流して総勢二〇人で行動した。修学旅行生のように。彼らはずっとホノルルの休日中、ホテルとビーチとマハラジャの往復で過ごしたという。

こんな話で私はなぜかキョーガクしてしまうのだが、それは流通している「ある種のスタイル」の見事な具現であり、同時にその想定されるスタイルの領域に対する見事な現実の踏みはずしである。

現実はいつもあいまいにゆらぎをはらんでいる。そして私を魅了してやまないものは、そのゆらぎであり、ブレである。

「なんかさー」と小麦色の顔にココ・ピンクの口をとがらせつつ彼女（二四歳美人〇L）は少しブーたれていたが、妹よ、君は休日中ゴロゴロしていた姉よりも全然、いいぞ（でもホノルル動物園と水族館には行くべきだったと思う）。

ところで
うちの妹がワイハで買った水着←
ハイレグ…
女のコメ…

22

存在の耐えられない軽さ

ついにオカザキ『小学六年生』7月号に登場!! やったね山ちゃん、明日はホームランだ。しかもフリッパーズ・ギターのお二人と。『小学六年生』は本当に良い本なので立ち読みせずに一家に一冊、ぜひ一度買って読んでください。

ところで最近、ヘンな事件があった。一六歳の女子高生がバイクに二人乗りして事故ってお亡くなりになり、ご両親も自分の子が死んだと確認しお通夜を行おうとしたところに死亡したはずの当人が「あたし死んでません」と出てきたという話だ。

死んでしまったのは実は別の子で、そのお通夜までされかかった子は実は友人のところに泊まっていて何も知らなくて「自分が死んだ」というウワサを聞いてびっくりして家に帰ったんだとゆう。

そりゃ、びっくりするだろう。

私だってきっとびっくりする。

そして、この話のミソは死んだはずの子(仮にA子ちゃん)のご両親が我が子の確認を「病院のベッドにその子の名前が書いてあったから」〝確認〟したというところなのです。死んでしまった子(仮にB子ちゃん)が多分A子ちゃんからヘルメットを借りてて、もうすでに包帯だらけで誰が誰だか分からない状態で、だからB子ちゃんはA子ちゃんと〝認知〟されてしまった訳なんだけど。でも。

1991.6.14

普段はあっさりと承認されてるかのように見える「関係」とか「個別性」とかって割とカンタンに誤読されてしまうものなのねぇ、とか思ってしまいましたよ私は。何てあやういものなんでしょう、「私という存在」って。まさに「存在の耐えられない軽さ」ってやつかな。

それにしてもA子ちゃんが生きていたということはB子ちゃんは死んでいるということで、だとしたらB子ちゃんのご一家は一体……？　そしてこんなどんでん返しの大さわぎを経験してしまったA子ちゃん一家はこれから一体……？

ところで、この事件は栃木で起きていて（栃木といえば益子焼と東照宮と男体山しか知らないところですが）、その要素に〝地方の香り〟がして、不遜ながら「のんびりした事件だなぁ」と思ってしまった。私としてはA子ちゃんのお家がどうかギクシャクしないことを望みます。

23

悲しい買い物

なんだか泣けてくることってありますよね。

今日も青山・原宿・渋谷と大物欲買《ブツヨク》い物ツアーを一人でしていたら急にムナシクなって生きていくのがヤになりました。それでも気をとり直して重い足をひきずって歩いていたのですが、見も知らない渋カジの女子高生にパルコの前のスクランブル交差点で「オカザキキョウコ!」と呼び捨てにされ気分も足どりもいっそう重くなり、「なんで私がこんな目に……」と自分で掘った墓穴にはまってるくせに、身のほど知らずに世間をうらんでしまいました。

その後コム・デ・ギャルソン・トリコで欲しかった可愛い靴を見つけて購入したのはいいのですが、あまり気分が晴れません。最近は「お買い物」の「効き」が悪くて仕方ありません。やっぱ「買い物《ショッピング》」は八〇年代のドラッグですね。私も「これは効く、これは効く」と自分をだましだまし使ってましたけど、こうも効果がウスくなるとかなしいです。結局、モノって自分のものになり得ませんからね。でも何だかヒマな時におもりをしてくれるトモダチがへったようでさみしい気がします。トモダチって何だかんだ言って遠くに行ってしまうものですね。

嗚呼《ああ》、何で今日はこんなにセンチなんでしょう? 渋谷になんか一人で行った

1991.6.21

私がバカなのでしょうか？

あの街は群れの中の一人でいないと何だか落ち着かない街ですね。

何だか女子校のトイレ友だち同士みたいな人ばかりで。よく言われることですが、最早、男の人も「ギャル」とゆうか「女のこ」です。……何だか本当に泣けてきました。

ぽたり。ぽたり。

ほほつたう涙。ウソですけどね。

ところで、今ももうすでにそうだけど、これからもっと「おセンチ産業」というのは伸びると思います。「みんな」の前ではいつも明るく元気に楽しく笑ってないとヘンだと無理してる分、きっとココロにガタがきてると思うから。「泣かせてスッキリ」が重要な消費観測動向だと思います。でも、そういうのも「一本抜く」射精産業みたいでヤですね。自分で言っといてナンですが。今日の夜は美空ひばりの『悲しい酒』でも聴いて、ねます。

24

昭和の東京

ドイツで、チビのヒトラーが首相に就任し、小林多喜二が築地署でごうもん死し（その時、全身に数十か所の傷があり、睾丸やふとももが二倍にもふくれあがっていたらしい）、ついでに『東京音頭』も大ハヤリした昭和八（一九三三）年。ハクライのノート（伊東屋で買ったのかなぁ?）にちびちびもくもくと、日記をしたためる、帽子をかぶったひとりの映画監督がいた。

2月20日（月）

▲水久保衣装しらべ

▲武富撮影所に来る

▲清水　池忠と大森の不二屋に行く

色々と大人になったことをなげく

▲DIALを買う

▲いい腕の職人にならうとつくづく思ふ

ひー。心にシみ入るとは、このことでしょうか。何故だかワタクシはこの一節を読み、胸がはり裂けんばかりにせつなくなったので御座居ます（そんなワタクシの心の嵐を知るよしもなく、心なき、無慈悲な原稿の催促のtelephoneは鳴り響くのでありました。関係ないけど）。

そう、この淡々とした日記の書き手は、みなさん御存知、小津安二郎監督です。

1991.6.28

昭和八年。世界の歯車が戦争へ戦争へとギリギリ動き始めていた時代に、ひょうひょうと銀座を歩く彼の姿が目に浮かびます。

彼の映画を観ると、ただ言葉を失った瑠璃色のカナリアのように(なんだよ、それ?)、ただ見つめるだけのワタクシ。そこにはワタクシの知らない(だけど知っている)永遠の東京がフィルムの皮膜の上に定着しています。それはもう、なんかよくわかんないけれど、美しい奇跡のようなものです。

『晩春』の原節子が、海岸を自転車で走るときの、あの笑顔。あの笑顔こそが「ほんとうの笑顔」なんだワ、と涙とともに意味もなく確信してしまいます。

大それた望みなんですけど、ワタクシもいつか昭和の東京(まだ、空も広く、高速道路も走ってなくて、人々がまだアンドロイドのように気高く、礼儀正しかった、もちろんワタクシも生まれてなかった頃の)を描きたいにゃあ……。

『カイエ・デュ・シネマ・ジャポン』創刊号に感謝しつつ、では、また。

25

知らなくてもいいこと

モロッコに行ってきましたよ。

仕事でも何でもなくて、ただの「観光」旅行です。観光は、いいな。

行く前に人から「いい時計をしていくと手首から切り落とされますよ」とか、トンダことを言われましたけど、そんなことなかったです。大体、いい時計なんてもってないもん。

でも、まあ、そんなこと言う人がいるぐらいだから、モロッコという国に対する情報量というものは、とてつもなく少ないワケです。かくいう私も何も知らないで行きました。飛行場を出ると、そこは砂漠。ラクダがひょこひょこうろうろしてると信じて……。

でも、ちがいました。

考えてみればそんなこと、成田に着いたとたん富士山と東京タワーがドオンとそびえてて、芸者ガールが東京音頭をおどってるよーなもんで、冷静に考えればあるはずがありません。しかし限定された情報というものは、えてしてそんな事態を起こさせます。

とにかく私たち（夫と行った）は何も知らない国に着いてしまったのです。誰が国王なのか？（王国ということも知らなかった）、通貨や物価はどんななのか？　地理や地形や交通はどうなっているのかetc。ほとんどのことを知らずに東京の街からのこのことやって来てし

1991.7.5

まいました。どうにかなる、と思いながら(えてして物事というものは〝どうにかしか〟ならないものですが)。

ハッキリ言ってモロッコは〝当たり〟でした。とても面白おかしく一週間を過ごしてきましたよ。「強姦されてアラブ人の子供をみごもるのもヤだな……」とビビっていた私ですがそんなこともなく(もちろん手首も無事で)帰ってきましたよ。ココロのポケットの中にはステキで楽しい思い出でいっぱいです。

ボンヨーで平凡で当たり前すぎて少し恥ずかしい気もしますが、思うのは「私たちの知らないことはたいそう沢山あるな」ということです。そして知らなくてもいいことを沢山知ってるなあということも。

と、ダラダラ書いていたら行数も尽きてしまいました。担当さんにも悪いので(もう締め切り時間はとっくに過ぎてる……)そろそろ。夜中の三時半にコーランの響くモロッコについてはまた来週。

26

ごめんね、カリド

モロッコという国はアフリカのてっぺんにあるマグレブ三国（他にアルジェリア、チュニジア）の一つで、一九〇一年から五六年まで仏領だったところです。かつて植民地だった国というものは、当地のネイティヴの人々の思わくを別とすれば観光客には過ごしやすいです。こういうことはよく考えるとすごくディープなことなのですが、しょせん私たちはちょっとふりむいてみただけの異邦人（久保田早紀どーしてる?）、できるだけ見たり聞いたりびっくりしたり驚いたりするしかないです。

日本人のメンタリティーに一番遠いとも言われているアラブ人ですが、まぁ誰だって離人症でもないかぎりウレしい時はウレしいし悲しい時は悲しいですよね。私たちの出逢ったかぎりのアラビック・ピープルは血が熱く濃く深く親切で情《ナサケ》がある人ばかりでしたよ。でもそれは単に、当地ではめずらしいニッポン人ツーリストだったからでしょうけど。モロッコでは私たちはかつてのパンダのようにモテまくりましたよ。特に子供たちには大人気でした。フェズという街では〝犬まん〟をつけたカムイのように子供たちが三〇匹あまりついてきて大変でしたよ。

アラブの人たちって何か大阪人みたいです。何か一言で言うとそうです。

親切で人なつっこいモロッコの皆さん

1991.7.12

でしたが、それに甘えてると、うっかりジュータンやら偽物のアンティークを買わされちゃうのが勝負のしどころですね。技術としてのフレンドネスが発達してるので、そこらへん慣れてない（欠如してる）ジャポネはダマされてボられやすいみたい。

　旅行の最後のころ、電車の中で知り合ったリッチそうな大学生は「ガイドはダメだ。自分で見るのが一番だ」と言いつつ次の日の朝、ホテル（一泊一四〇〇円、シャワー一二〇円）までむかえに来て色々案内してくれた揚げ句に、結局ジュータン屋に私たちを引きずりこみました。もちろん、買わなかったけど。でもその「やっぱ、来たか」というプロセスが面白かったです。ごめんね、カリド。

　海の向こうはヨーロッパ、山をこえるとサハラの砂漠。モロッコ。

　そうだ、砂漠行けなかったのよね、今回。ラクダにも乗れなかったし。何のために行ったんだという話もありますが、モロッコの人たちに逢っただけでも余は満足じゃ。も一度行きたいな。

27

資本主義という宗教

あー、クスクスが食べたい。

こんにちは「オカザキ・ジャーナル」です。あーモロッコは余りにも、すでに、遠い。

さて、東京に戻ってきてからの私はめくるめくめまぐるしかったんです(ウノ・コーイチロー風に読んでね)。頭は時差ボケるし、たまった仕事はあるわ絵の描き方は忘れるわ(情緒不安定の三歳児のような絵しか描けなくなっていた)で大変だったです。そんなこんなの中の帰国三日後、『朝ジャ』主催のライブ・イベントでありシンポジウムである「神様がやってきた」があって、出席したですよ。あの日はギリギリまで髪型と服がキまらなくて泣きたくなったなあ(少し、泣いた)。

まぁ、このイベントの様子は本誌誌上で掲載していましたのでハブきますが、その後の三日間ほど私はフン然と混乱した気持ちでいましたよ。

何に対して?

今言われている〝宗教〟や〝神〟とか〝神秘〟というものに対して。

P・I・Lというバンドが昔『レリジョン』という曲を創っていて、それは〝すべてのものは宗教になりうる、愛も金もバーゲンセールで買ったドライヤーもコーン・ビーフ(すら)も。そして君は搾取され続ける〟というような意味の

1991.7.19

歌で、ハタチぐらいの私は「なるへそ」と思い、そのまま今に至っています。この歌を創ったジョン・ライドンという人はロンドンのカトリック校で厳格な教育を受けた方なのですが、何かココロの軋轢を感じて感慨深いものがあります。多分これは〝父親殺し〟の歌なのでしょう。

それにしてもこの前、渋谷のSEEDをのぞいたら一階に水晶売り場があってビックリしました。そう、あのニューエイジものには欠かせないクリスタルです。私はぼんやりと「あぁ、やっぱ資本主義は一枚上手だなぁ」と思いました。

資本主義は私たちにとっていちばん身近な宗教です。東京ディズニーランドはそのバチカンで、ミッキーは法王様かも知れません。

よく「物質文明から精神世界へ」と言うけど、「精神」が良きものだけで出来てるとは、私は思いません。

28 セラピーとしてのオカルト

（前回の続き、という訳ではないが何となく）世界に進行するオカルティックな動向について。それは流通し消費構造に取り込まれつつ、変形し何かと癒着し様々な自己解釈をへて、「もとあったもの」とは全く別のものへとなってゆく。

最近は出る雑誌出る雑誌（特に女性誌）の見出しを見ると必ずと言ってよいほどオカルト（と言われてきたもの）に関する特集ページがあって。

「もっと知りたい！　不思議世界」とか何とか言いつつ。香りって不思議!!　アロマテラピーで心と体をリラックスさせましょう。宝石って不思議!!　水晶は願いを、ローズ・クォーツは女性の魅力をアップさせます、とか何とか。占いも必然ブーム（らしい）。第三次占いブームだとか。

私も占いは好きだ。昔は本気で『オリーブ』の占いページ読んでたし。手相も信じる。最近見てもらったら、右手の小指の下にある「恋愛（結婚）線」ができめんに減っててがっくり（ああ、モテたいのに）。

多分、いま起きたブームはアメリカで七〇年代頃から起きた「ニュー・エイジ」ムーブメントの流れなんだろうけど。流れは下流に向かうほど大きくなり、多くのものをのみこむ。西海岸のおサイケ・カルチャー、東洋思想を導入したニ

1991.7.26

ュー・サイエンス、神秘思想、オカルト、超心理学etcを基盤とした新しいイデオローグの波、ヴィタミン、フィットネス、サイコ・セラピー、シンクロエナチャイザー、パワーグローブetcといったためくるめくグッズの名詞たち。

まあ私はヨコに『BT（美術手帖）』の一九九〇年五月号「特集　エコロジーとアート」をおいて書きうつしてるだけで、別に「ニュー・エイジ」のことなんてよく知らないんだけど。だけど「それ」が新しい知覚、新しい認識をみちびくための新しい「ドア」、またはその「ドア」に至るまでの手続きだというのは何となく分かる（気がする）。

今のカジュアルなオカルト・ブームのウリというのは、①手続きが楽、②比較的安価、③努力いんない、といったところ。そしてそれらは限りなく「自己治療」に近い。セラピーとしてのオカルト。

何をセラピーするかというと、もちろん「不安」なんだろうけど。でもそれが「私」を安心させるためのナルシズムだとしたら？　つまり宇宙も自然も世界も、「私」を映すための鏡だとしたら……。

キヨウコさんて「不安」なのが好きなんだね
もっとリラックスしなよ
サボテンてかわいいなぁ…
ちくしょー

29 オレは左翼はキライだ

「調子悪くてあたりまえ」

ビブラストーンのCD『ENTROPY PRODUCTIONS』の三曲目のタイトルです。

私はハッキリ言ってしょっ中調子悪くて（体とアタマ、特にアタマ）、ああ、どうしようといつも途方に暮れているので、この曲を聴いた時は、ガビーンと太い注射器でクスリを打たれたみたくキいたのでした。

このバンドのバンマス、近田春夫という方は、〝日本で一番〟知能指数が高くかつタフなミュージシャンと私がニランでいる方で、今回は何故この混迷する現代社会の中でこうもパワフルでいられるのか？　そのヒミツが知りたくてミニミニ・インタビューしてみました。

トルルルル（↑電話の音）

◎ハイ、近田です。

♡オカザキという者です。慣れてなくてマヌケかも知れませんがよろしくお願いします。

◎何でも聞いてよ。

♡えーと。近田さんにとって「エントロピー」って何ですか。

◎んー、それはね、出逢いがあれば別れがあるように時間の流れだけはソシ出来ないでしょ。フクスイボンに返らずっていうかさ。過去は戻ってこないわけでしょ。

1991.8.2

♡うん（↑マヌケな返事）。
◎オレたちって「今」が一番若いわけでさ。今のほうが一瞬アトよりもまだマシかも知んないじゃない。人間て生まれた瞬間に死刑宣告されてるよーなもんでさ。でもそん中でヤケにならずにやっていきましょうってことかな。
♡次です。近田さんにとってオンガクって何ですか？
◎んー、やっぱドラッグとしての効果かな。生活必需品としてね。グルーヴを一度知ってしまうと……。もう、キモチいいんだよ。
♡スミマセン。もー時間ですので。バイタイが特殊なもんで、『朝ジャ』について何か一言。
◎？　何が特殊なの？　わかんないけど、いいや。「オレは左翼はキライだ」。

これでO・K？

おつかれさまでした。本当はもっといろいろうかがったのですが、それは私の小さな胸にしまっときます。モノ足りない方は直接ビブラの音にふれて下さい。超カッコイイです。

30
虫が良すぎますッ！ 日本国家!!

赤ちゃんは、可愛い。

ほっぺなんかふわふわつるつるで極上の肌ざわり。あったかいし。

電車の中なんかでトナリに乳幼児づれが座ったりすると、思わずそのコを思いきりもみくちゃにしてこねまわしたくなります。だってベイビィって、つきたてのおモチみたいなんですもの。やわらかいし。

ところで日本の出生率がとても低下して国は大あわて、だそうですね。全国平均一・五七人という数が今までで最低だったそうですが、私なんかは「そうか、まだカップルによっては二人産んでるのか」とカンガイ深いです。この平均を都市部（特に東京）に限定すれば、きっと〇・八人ぐらいに下がるのではないでしょうか。

昔、小学生の頃、TVで観た映画で『赤ちゃんよ永遠に』というのがあって、それは未来の地球のカンキョーハカイと人口のバクハツかなんかで（よく覚えてない）、子供を産むことが国家で禁止された社会のお話でした。

まぁ、今の日本国家が未来の人口維持、国力のキキ、とかでアセってもっと産んで下さいというのは、禁止されるよりいいかも知れないけども、やっぱ自分勝手という気がする。

地球全体では人口は増え続ける一方だ

1991.8.9

し、自分の国ぐらいひかえめでいるのって奥床しいと思うのだが。

それに、現状の日本（特に都市部）で子供を産み育ててゆく、ということが非常に困難な状態であるというほうがよっぽど問題ではないでしょうか、ねぇ？　カップルが子供をもつ、ということがすでに「自然」ではなく「勇気ある選択」に変化してしまった平成の夏ではあった。

それに快適な消費生活をどっぷりたたきこまれてますし、私たち。

色々とモノを買っては飽きて捨てて内需を拡大させてきた私たちに、今度は国民を増やせなんて虫が良すぎます。「飼い犬に手をカマれる」とはこのことでしょうか。でもちがうかもしれませんね。

この前 小学6年生の頃の弟が
あたくしの赤ちゃんを抱いてるユメをみた。
その赤ちゃんはかわいかったなぁ。
でもまだ私くぁいいです。

31

快楽の漸進的横すべり

わたしのこぐペダルとともに風景がびゅんびゅん変わってゆく。てくてく歩いている人がのろまに見えて、愉快だワ。ウサギが思い上がって亀をナメきる話、むべなるかな、というかんじです。自転車って、いいですね。好きで好きで、たまんない。

そうです。新宿二丁目にある、とあるおかまバーに行った帰りの夜、タクシーのなかでのこと。「自転車、欲しいんだよなー」と酔っぱらってわたしがぶつぶついったところ、幼なじみのミカちゃんが「じゃ、あたしのを売ってあげるよ」と、思わぬ展開、タナからボタもち。

最初は「二万円で」という話が、三〇秒後には「五千円でいいよ」となり（いい人だなー、ミカちゃんて）最終的には、ちょっとなんなので、千円のイロをつけ六千円で、ミカちゃんのこげ茶色自転車は、かわいいわたしのムスメになったのでした。

名前も「スウィート・ブラウニー・GO！ GO！ KYOKO1号」と、つけました（↑有頂天）。

ところが、どっこい。

実は二七歳にして、はじめてじぶんの自転車を手にしたわたし。運転の技量には、かなりの問題があり（なにしろ乗るのも一〇年ぶりだし）直線コースならおまかせとはいえ、カーブとなると冷や汗

1991.8.16+8.23

吹き出し、坂など登る日にゃ、恐い上につらく、ヒーコラヒーコラバヒンバヒンというありさまです。

それでも、毎朝、人目をしのんでの練習の甲斐あって、どうにか下北沢の町を、よろよろ走れるようになりました。

そんなわたしを塾に行く子供たちが、川を泳ぐ魚のようにスイスイと抜いてゆく。ジジイがまたまたかろやかに追い越し、ピーコックに買い物に行くおばさんですらカーブをなんなくこなし消えてゆく。

わたしはといえば、ハンドルを握りしめる両手が汗ばんでくるばかり。耳に響くは、クルマのクラクション。下北沢中が、わたしのライバルだらけです。

それにしても風景の見え方が、こんなに変わるとは、驚き。いったい「風景」とは、なんでしょう。

移動と、速度。速度と、認識。認識と、快楽。快楽の漸進的横すべり……あー、自転車は楽しいな。

32

お姉ちゃんは、心配です

最近「クラブ」がブームだそうらしいが。

別にクラブと言っても七〇年代頃流行したオトナなムードのパープル&レッドネオンのゴージャスなお店じゃなくて、黒服もいない、チケットフードサービスもない、お立ち台もない、コドモでチープなムードの九〇年代型ディスコ(笑)です。

まぁ、世間ではバンド・ブームも終わってしまったことだし(合掌)次の「トレンドとやら」のネタに目をつけてるそうで。クラブ系雑誌も増えているし、他でもオトナ・サラリーマン誌でも「今!クラブ・フリークがナウい」的記事、見るし。

でも、別にいーけど、バンド・ブームの頃はCD売り上げとかツアー・チケット売り上げとかレコード会社やプロモーターにウマミはあったかもしれないけど、クラブ・ブームで何かそんなことあるのかな? 具体的にいうと東京ドーム五万人、ブドー館一万人、渋公二千人とかの動員かせげたけど、クラブなんて一晩入ってせいぜい何人だ。「GOLD」って何人入れるんだろう。ほとんどのとこは二〇〇人入ると酸欠者、出るぞ。きっと。

私はクラブってけっこう、好き。

全然最近行かないけど。人妻なもんで。

でも集まってくるコはナマイキそうだけ

1991.8.30

ど可愛いし、DJは本当に！　音楽が好きな人たちだし（レコード・バカとも言える。このCDの時代に。ガンバレ）。

思うんだけど、「クラブ」って夜の子供たちの砂場みたいなもんだ。

家にも部屋にも、どこにもいたくない子供たちが集まってきて、カラさわぎとバカさわぎをする暗闇の中のジャングルジム。そんなもの。

何だかヘンに「トレンドとやら」のターゲットになってておお姉ちゃんはちょっと、心配です。

ほっといてあげて、お金にしようとか思わないで、勝手にさせてあげて、そして遊ばせてあげて。

ひるまなんかどうでもいいけど、せめて夜だけは自由にさせて。

33

電話は声の劇場

　例えば『SPA!』の「東京家付き娘」のページに出てくるお嬢様（平均総資産額二億円以上）のシュミのとこにテニス、スキー、ドライブ、その他にまじって「長電話」というのがけっこうある。「毎日平均五時間ぐらいカナ?」というお嬢様もいて、メディアの中の日本のお楽しみって平均化されててお嬢もプーもあんま変わらんのね、と思いました。

　言ってみれば「長電話」ということがカジュアルなシュミとして定着したのはごく最近ですね。ひとえに電電公社がNTTになったお陰ではあります。

　留守番電話、コードレスホン、携帯電話と、次々にデビューするおニューたちは、電話網を「家族」から「個人」のものへ、「必要な」用事伝達機能から「曖昧な」時間を消費させ「曖昧な」関係を増殖させる機能へと変化してゆきました。テレクラや伝言ダイヤル、ダイヤルQ^2などは「演技する誰でもない自分の場所」として回線を売って大もうけしていましたね。電話は今や声の劇場です（それにしてもテレホン・セックスってどのぐらいの人がしたことあるのかなぁ、知りたいことの一つである）。

　電話で人と話す時、私たちは相手と話しているようで実は自分の声と話している。電話は会話ではない内語どうしが混線してるようなもの、と誰かが言ってた。

1991.9.6

そこがいいんじゃんと思うけど、私。長電話にハマった時のあの脳波状態はレム睡眠時のそれに近いのではないだろうか。α波とかも出てそう。モーローとして夢うつつ、でもしゃべるのは止まらない。とんちんかんな相槌。それでもまだなお……。

「長電話」はコミュニケーションというより一種の声によるドラッグとかマッサージのようなことで、こういうことが日常的になってるってことは皆さん、キてるな。

そんなヒマあったら外へ出て直接逢え！　というのは正論だけど、逢って話したからといって本当にコミュニケートしたか？　コレと別の話ではありますよね。

そーなんだよねー
でもさ〜
のーみそつるつる状態
ながでんわは
かぎりなく
一人ごとにちかい！

34

忙しいときほど本が読みたい

「♪ダメ、ダメ、ダメ、ダメ人間〜ッ」というオーツキケンヂ氏の魂の叫びが重く胸に迫るわたしはだらだらとやる気もなく、なんとなく本のページをめくるのみ……というわけで今週はスペシャル企画「読書感想文」特集をお届けします。

まず最近のオカザキ・イチ押しの同業者、山田芳裕氏の近未来まんが『しわあせ』(講談社)はおもしろひ。争いも嫉妬も戦争もいわんやオゾン層破壊などまるでない、平和な平和な二一世紀にひとりいらだつ、八〇年代にネガティヴな青春を送ったジュン爺(七一歳)の孤独はあまりに深い。ところで二一世紀の八百屋水前寺の二階でジュン爺がながめるTVはハイヴィジョンなのだろふか。

……などとおもうのは、ついさっき『ハイ・イメージ・ストラテジー』(福武書店)をぱらぱらめくったからで「電子情報時代にふさわしい新しいイマジネーション」とはなんだろふ、そして二一世紀にはどのようなイメージが、情報が、妄想が、電脳ネットワークをかけめぐるのだろふか。勝手に連想を続けるならば私たちはあいかわらず「成長」を禁じられているのだろふか。二〇〇一年、キョーコは三七歳になる・のだが、あいかわらずミルクの服をうれしそうに買いまくるのだろふか(ヤだな)。「そしてあなたは?」とページの向こうのあなたに問い

1991.9.13

かけてみても下北沢のセミが鳴くばかり。ミーン。

　そんな今、美人精神科医・香山リカさんの処女評論／エッセー集『リカちゃんコンプレックス』（太田出版）は勇気がでます。〈私たちにできることは、そんな悪いことが起きませんように、と祈ること、悲しむこと。それに、遊ぶこと、楽しむこと〉という一節はグッとくる。

　ところで、北杜夫氏の『マンボウ氏の暴言とたわごと』（新潮社）は、埴谷雄高氏との対談による世紀の奇書『難解人間vs躁鬱人間』（中央公論社）に続くヘンな、本。説明するより、ひとこと「好きよ、マンボウのおじさま」と、あまく囁いてみたい。

（それにしてもカルト雑誌『セール2』で連載を始めるわたしのボンデージまんがベティ・ページものはどうしやふ）。忙しいときに限って、本を読みたくなるのって、なぜ？

35

TVで観る人間の肌色って……

私は日常ほとんどTVを観ないのだが、その理由の一つがなんとなく最近分かったのであった。

それはあまりにもこの頃、TVで観る人間の肌色が汚いからであった。

ひさしぶりに『元気が出るテレビ‼』を見たら、それが分かって元気、なくした。人間の肌や肉体が、強い単調なライティングと高解像のビデオカメラによって、肉眼で見るよりも生々しく暴力的に負の方向に映し出されてしまう。

おそろしいほどに、だ。

ライティングって多分、本当は「人間を美しく撮る」という為のものだと思うんだけど、何かスッポリそういうコトがぬけ落ちてて、ドラマなんか見ると（たまたま中華料理屋で春巻食べながら見てたんだけど）ただあててるだけみたいだもんなぁ。かつての日本映画の技術と伝統はどこへ行ったんだぁ？

最近のビデオカメラって高品質で性能バッチ・グゥすぎて、そのまま撮ると見たくないもんまで映ってしまうのね、きっと。逆に、CMの時はこれでもか‼というぐらい手間とヒマとお金とエフェクトかけまくるから、どんなブツでも「魅力的」に撮れてしまっているので、ついこっちも「ウフフ欲しい♡」とサイフのひももゆるむのであった。

それにしても同じTVモニターの中で

1991.9.20

起こっているコトは、スウィフトの『ガリバー旅行記』の巨人国とリリパット国（小人国）を行ったり来たりしているようなコトだ。

　これはつかれる。Q&Pコーワゴールドを一日二回一錠ずつ飲んでもまだ足りないぐらいだ。

　私たちはTVでTV本来のプログラムを見ている時には、「ああ人間なんて、フッ」と自虐の念を無意識にもっちゃってて、逆にCMを観てる時は「いいないいな、あんなふうになりたいな」とアコガレちゃってんでしょう。もしかするとその落差のためにTVの普通の番組ってあんなふうに人間の肌、映すのかなぁ。やだな。

私はテレビで久米宏を
みるほどコワイものはナイ、
とゆう気がする。
（あとアベジョージ…）

36

報復としての性

ソ連が崩壊の危機に瀕している。世界はてんやわんやだ。今年はそう言えば戦争があった。戦争。だけど今日は傘が無い（訳じゃないけど）、行かなくちゃ、取材の場所に行かなくちゃ、と雨の中、地下鉄千代田線に乗った。

私は電車の雑誌中吊り広告を読むのが好きである。あと新聞のもね。本の背表紙を見るのも読書の一部だと思うけど、雑誌や新聞の見出しも見るだけで何となく、ワカル。

ここ一年間の女性誌、青年誌で目立って増えた「目出し特集」はSMと宗教、オカルト関係である。宗教・オカルト関係は前にも書いたので今回はナシだ。では、SM。

雑誌でカジュアルで明るく楽しいナニゲな、新しい性のお遊びとして「SM」がショーカイされマニュアル化してゆくこと。

別に私は耽美主義者ではない。SMを湿った暗闇でひっそりと（でも）孤高に咲く隠花食物のようにあがめたてるつもりもない。『SMスナイパー』にイラストを連載していたからといってエバるつもりも、ない。

ただ、「安く買いたたかれてんなぁ」と思うのみ、である。需要は供給を産み、必要は発明の母であり、大量生産と大量消費はニワトリと卵で、単価はどんどん

1991.9.27

安くなる。SMもまた、しかりである。どこでもマニアと本気の人には受難の時代だ。

　しかし性というものが欲望に根ざしている以上、「軽くしばってぶつ」「アナルに異物を入れる」ぐらいで「アブノーマルにSM」と言われちゃ、ちゃんちゃらのピーである。フランス人に「笑止千万」とか言われるぞ。それにしてもこの性の消費動向（マーケッターっぽい言い方でスマン）に私が「新しさ」を感じるのは、そこに「性愛のもつ豊かな親密さ」の消失点を彼方に見るからかも知れない。

「愛というよりは、まるで報復行為」（『ツイン・ピークス　ローラの日記』よりローラ・パーマーのセックスに関する記述）。疎外と孤独、報復としての性。しかしその報復は何に対して向けられているのか？　オオゴトだと思う。

みるだけ
Betty PAGE
ソガイのいきつく
とこにいくと
ボンデージに
なるかもね

37

イラン人にナンパされた

こないだの日曜日、あたしは口笛吹きつつ原宿クエストにダナ・キャランの秋冬モノを、ラフォーレのセルロイドにかわいいナイキをチェックしに行ったんでした。ところで帰りにぶらりと寄ったヨヨギ公園で、びっくらぴょー。

原宿門そばは、イラン人大集合のふれあい広場だった！

その数、なんと約一万人（は、いらっしゃいました。オカザキ目算）。

もちろん日曜日のホコ天のこと、バンド・ブームの終わりをものともしないおだんごヘアのバンド・ギャルはぴょこぴょこしていたし、今大ハヤリでナウナウのダンス・キッズ（笑い）はラップでヘコヘコしていたし、タコ焼き屋、お好み焼き屋のソースの匂いはあたりに漂ってはいた。だが、しかし。見渡す限りイラン人たち（しかも男ばっか）がトーキョーの空の下にたむろしている光景は、すっげーインパクトがあったっス。

かれらは同胞を見つけるとなにやらおしゃべりしたり、手紙を見せ合ったり、おもむろにアタッシェ・ケースを広げたり、サッカーを楽しんだり……。だいたいみなさんアラブひげをはやし、こんがり陽にやけ、ズボンにスニーカー姿。なかには手配師みたいな人も。それからハーシーのチョコレート・アイス・バーも大人気だったな。

1991.10.4

しばらくしゃがみこんでぼーっと様子を見ていたら、イラン人のナイス・ガイ二人に「シャシン、イーデスカ?」と、ナンパされた(クスッ)。で、いっしょに写真とって、ニホン語でつたない会話をしたところ(英語はお互い、ほぼ話せなかった。トホホ)、一人は福生で旋盤工、もう一人は川口に住んでいてクルマの塗装業で、ばっちり日本人ガールフレンドもいるそうだ(コノコノ~~~♡)。

　聞けば東京の外国人登録者は、ここ二年ほどで二倍に増加。現在一一万人を超えるそうですが、埼玉・千葉を含めると、もっと多いはず。原住民にもつらい苛酷なトーキョー・サバクですが、みなさんがんばってくださいね。

　ぜひ、タコ焼き屋にまじってシシカバブの屋台を出してくださいね。あたしも食べに行きます。

38

女性誌における連鎖の輪

最近、いろんな女性誌のストレス関係の記事が結構目について、つい夢中になって読んでしまう。そして読み終わって、気がついた。「ファッション、ビューティー、セックス、フード」の女性誌永遠のテーマに続いて「ストレス」も、定番テーマの仲間入りをしたのだな、と。あー、みんなツライんだな、私だけじゃなくてさ。すこし安心。だが・しかし。ちょっとサミシイ。なぜ?

女として生まれてきて、早二十数年、思えばいろいろな女性誌を熱心に読み、かなり忠実に(パブロフの犬みたいに)実行してきた。アヴァンギャルド・シックと言われればセーターに穴をあけた。「男眉がステキ」と言われればぶっとい眉を描いた。白い口紅も買った。ソバージュ、おしんまき、可愛い雑貨集め、フローリングの部屋の一人暮らし、古着集め……。あー、女性誌とともに過ぎた怒濤のような私の八〇年代……。でもなんであんなにアセッていたのだか、自分でもヘンな気がしなくもない。

女性の根底にある不安と歓喜のもとは「誰とも確定されない他人の視線にさらされる」ことだと思う(それは実は他人に投影された自分じしんの視線にほかならないのだけれど)。そして「他人よりキレイでいたい」「ステキな自分でいたい」「負けたくない」とガンバッちゃっ

1991.10.11

たんだろうな。

女性誌は常に、私たち読者に向けて「ステキなアナタをオーエンします。ファイト!!」とはげましながら「でも、今のアナタは本当にステキかしら?」とも同時に囁く。だから向上心に燃える女のヒト（雑誌を読む私たちはいつも向上心に燃えている）は混乱しつつもガンバッちゃったり、する。ガンバッた揚げ句に、じぶんでは意識もしてなかったストレスが生まれてたりする。そしてそのストレスもまた「克服すべきもの」としてのレシピが提案されたりする。トホホのホ。私は今でも『an・an』から『女性自身』までの女性誌ジャンキーではあるが、このループ（連鎖の輪）を考えると、ちょっとフクザツにサミシイ気持ち。ワンワンワン!（パブロフの犬の叫び）。それはともかく早くアニエス・ベーのトワレを買わなくちゃだわ。

あたしどーしたらいいの
ダナキャラン欲しい。。
27才OLさん。オシャレも恋も仕事もしなくちゃならぬ。
ガンバリ屋さんはつらいよ。

39

死んでもじゅんぐり生まれてくるさね

カゼをひいて身もココロもボロボロではある。しかし〆切りは、ある。

どこまで続く人生列車。

ところで今秋、私の知っている限りで三つの雑誌が休刊する。した。『03』『モンパン』『やるまん・コミック・ギガ』の三誌。

『モンパン』にはちょびっとだけだけど音楽について一回コメントしたし、『03』にはセックス特集のときと最終号のTV特集とみうらじゅん氏のゴジラ・ページ（とんだ顔で写っているから見てね）でお世話になったし、『コミック・ギガ』では連載もさせていただいたので、カンガイも一入《ひとしお》二入三入だ（しかし『03』、まんが特集のときはお呼びがなくてどうしてセックス特集のときには……。結局、私って一体……）。

私もまんが界のフリーター、紙業界のプーとして生きてきて早九年。いろんな雑誌が終わってゆくのを見てきたわ。

それこそ、いろんな形で。

私が一番、個人的にココロ痛みフクザツな心境になったのは『平凡パンチ』及び『パンチザウルス』休刊のときです。

あのときはさみしかったなぁ。

いろいろな意味でお世話になったし、ある歴史をもったものが終焉をむかえるに至る「痛み」みたいなもんを感じた。

私たちっていつか「終わっちゃう」のだ

1991.10.18

なぁという甘い痛み。それはとても「昭和」っぽいものだとも言える（ような気がする）。

　そして時はうつり、私たちは終わってしまったあとも生きている訳で、まぁ、それが「平成」の気分なんですけどね（良くも悪くも）。

　今回の三誌の休刊にしても今一今二今三でどっぷりおセンチにはなれない私ですが、仕方ないよ。

　少しさみしいけど、笠智衆の映画のセリフじゃないけど言ってみよう。

「死んでも死んでも、じゅんぐりじゅんぐり生まれてくるさね」

40

「表現する意識」と「表現する肉体」

病気になると肉体がみぢかに感じられて、いいもんである。

病気とはいっても只の風邪で、少しノドが痛かったりハナミズが出たりクシャミが止まらなかったり身体がだるかったりする程度ではあるが。

ふだんは気にもとめない動作や作業が、実ははかり知れない体力や筋力によって作動しているのかと思うとびっくらげー、だ。

しかし普通「ケンコウ」と言われている時にはそんな事は考えもしない。肉体が、自己の意識とは分離された別のモノになっているような感じ。分離、そして対象化。

意識と肉体がバラバラに存在すること。それが最近すごくケンチョに蔓延しているよーな気がします。

宗教とかオカルティズムのブームは意識だけが先行してしまったといえる。

肉体が先行とゆうのは、きれいないい身体したギャルちゃんが「この前ェナンパされてグデングデンに酔わされて、気がついたらマワされちゃってて頭きたけど、ま、いいか」というようなことでしょう（ちがうかも知れん……）。

「表現する意識」をターゲットとして自己開発セミナーが出現し、「表現する肉体」をターゲットとしてスポーツ・ジムやエステ・サロン、そして日焼けルーム

1991.10.25

などが産業システムとして日常に浸透してゆく。

どっちも全然ちがうようでいて実は表裏一体なんだ、ということではあります。どっちもそれだけじゃ、アンバランス。

かといって「自己開発セミナー」行きながら〝エグザス〟で1キロ泳げばいいのか？　という問題では勿論ない訳で。問題はそこに至るまでにある訳だから。

意識も肉体も過剰に「ワンランク上」を目ざすと、とんでもないことになるぞ。でも私達は日々それを強いられて身もココロもバラバラになってんのか。ちぇ。ビタミンCでも飲んで寝よっと。

41

こんなヤツ信用できないよーだ！

一日でまんがの原稿三六枚、下描きとペン入れすると手がイタイなぁ。

ねてないから頭、ボーとしてイタイし。イタミって、でも生きてるって感じがしますね。ボーとしてるので行きあたりばったりに、行くわ。

●宅八郎氏の『イカす！　おたく天国』を読んだ。〝おたく〟という言葉は〝愛〟という言葉にも似ている。それは本当は誰も体験したことがないかも知れないにもかかわらず誰もが知っているようなところが。そして〝愛〟を無防備に口にする事は恥ずかしい。〝おたく〟について語る自分が〝おたく〟でないと思っている人々に感じる居心地の悪さ。〝おたく〟とは過剰の愛と生である。

●ホントか。

●イワモトケンチ氏の映画『菊池』。まだやってるかな？　うちのダディとマミィが床屋さんとして出てるので見てほしい、というのではなく見てほしい。日常、肉眼で見ると醜悪でしかない自動販売機の光が、ある映画的な力によってこうも魅力的に変化するのか。関係ないけどこの映画がベルリン映画祭で賞をとった時、ある新聞の評で『菊池』が『菊地』になっていたんだよな。

●『日経アドレ』の一〇月号に〝平成のヤンエグ講座〟とゆうのが載っていた。私はかねてから「ヤンエグ」という言葉

1991.11.1

が良くわかんなかったので勉強した。結局、資本主義の忠実でぃぃコな奴隷、とゆう事が分かった。「いつでも電話できる友人が一〇〇人以上いる」「約束の時間に遅れたことは一度もない」「明確な生きる目標をもっている」etc。

●こんなヤツ信用できないよーだ。

●「ヤンエグ」ってビデオ・モニター的だと思う。自分の姿をいったんモニターに映さないと自分を確認できないような……。鏡ではなく……。

●ビデオの時代の鏡像関係とは？

42

GO AHEAD! 嘆くな、笑え

お茶の間マーケッティングが大流行しているみたいだ。

それにしても「マーケッティング」とは何だ。

難しい言葉で言うと「送り手と受け手の価値の交換行為」らしいがこれじゃ、わからんよ。一言で言えば「㋮≒流通」だって。これでも、まだまだ。私としては「消費者《ユーザー》にモノを買わせるための企業側のあの手この手」と定義しています。リサーチと戦略ですね。

こういったもんは売る側、もうける側が本来やっていたもんですが、最近は売られる側、おサイフからお金を出さされる側が自分の消費動向を観測しているのであった。とてもカジュアルに。

例えばソニー・プラザで売れるシャンプー・ベスト5、とかビームス原宿で売れるニット・カーディガン・ベスト5、とかシェーキーズで人気メニュー・ベスト10、とか上野ムラサキスポーツで売れてるスニーカー・ベスト10、とか（そんなデータ知ってどうするんだぁ）。〝情報と商品の氾濫した現代の社会でかしこい消費者として生きるためには、マーケッティングを知る事が不可欠の条件です〟。しかり。本当にそうだ。

私たちが「かしこい消費者」として生き延びるためには自分で自分のマーケッティングをして「買うべきモノ」を考え

1991.11.8

出さなくちゃならない。だって買わなきゃ資本主義から排除されてしまうもの。自分をランクづけして。はみださないように（もしはみだしたくてはみだしても、そこにはそのランク・データがすでにあって、また……）。

と、考えるとうんざりしますが致し方ありません。

希望や理想はデカダンであるとあの人は言った。私もそう思う。「泣くのはいやだ、笑っちゃおう、進め!!」は『ひょっこりひょうたん島』のテーマ・ソングだ。そうだ。

GO　AHEAD!　嘆くな、笑え。

43

生きているというリアリティのウスさ

今年もそろそろ終わりに近づいてきたですね（気が早いか）。しかし、今年の十大ニュースって何だろうなぁ。何もなかった気がする。ちがうか。戦争もあったし、ソ連もあんなことあったしな。雲仙も大変だったし、明菜はイギリス人とディープ・キスしちゃうしな。そうか。

私にとって今年は身とココロがさらにどんどん離れていった年でしたね。まだ、あと二か月ぐらい残っているが、まぁあんま変わらんだろうです。何とゆうか「生きているというリアリティの白さ、ウスさ」に拍車がかかったとゆうか。個人的なことでスミマセンが。でも私は個人的なことしか信じないぞ。

ところで、「カステラ」というエレキ楽団の大木トモユキさんの書いた『つれづれライブ日記』という本が出ていて。

私はこの「カステラ」というバンドが好きで、それは何故かとたずねられたら、そこに日本語の新しい可能性というものを勝手に感じてしまうからです。日本語、ひいては言語に対する素直でのんきでキサクで明るいさわやかな絶望に満ちた懐疑、つーもんとか。

今までの文体、文法ではすくいとれない新しいリアルがそこにあるのだ。なんちて。

それにしても大木トモユキさんの言語懐疑力はすごい。私、タカをくくっていたのです（ところでこの「タカ」とは何？　くくるとは？）。『つれづれライブ日記㉓　年をとるにつれてますますヘラヘラと能天気になろうの巻』とかね。

流通しているマス・イメージと実際私たちの生活している感覚がどんどんズレまくっている現在、「カステラ」のことばはサバクにはじける一輪のほうせんか・ぱん、だ。

（しかしジョイスの『フィネガンズ・ウェイク』を全部読む人っているのかな？　高橋源一郎さんは読むだろうが。あれはことばの核爆発だ）。

44 ヌードレス・ヌード

〝宮沢りえ・全裸ヌード!!〟の話題で世間様は大さわぎですね。私も少し浮かれています。何たって〝宮沢りえ・全裸ヌード!!〟ですから（しかし「全裸ヌード」という言い方はヘンだ。馬から落馬する、頭が頭痛だ、みたいで）。やはり時代をシンボライズする人のやることはいつでもいちいちお祭りっぽく他人の血をさわがせますね。宮沢嬢って存在じたいがハレハレのハレーションの人ですし、その貴い人が服をぬいだら本当にオオゴトですよね。

でも。

私はその日（写真集発売発表のあった翌日）くりかえしTVのブラウン管に映る彼女のたわわでプリプリな肢体を見てこう思いました。

「何だ、別に何もぬいでないじゃん」、と。

発売前に流布された写真集の中の二葉の写真。そこで彼女は一枚の布きれもまとわず、のびやかな体をさらしていました。でもやっぱし、そこで彼女は何もぬいでなかったのです。ヌードレス・ヌード。

宮沢りえ嬢は、そこで「宮沢りえ」という衣裳を決して脱衣してはいないのでした。

ここで問題なのは宮沢嬢の「内面・その他」の問題ではありません。「内面・

1991.11.22

その他」が映っているかいないか、というより、現在「自分という衣裳をはぐ」ということは服をぬいでトップレスになりヘア丸出しにしても表れてこないのだな、ということです（宮沢嬢がヘア出してるかどーかは知らんが）。

　ヌードになる、という行為はかつて不安感や不確かさをあらわにするような行為でした。何かに対する。

　しかし宮沢嬢の堂々とした一抹の不安感もない裸体を見た時、身体に対する感受性というものが完全に変わったなぁ、と思いました（彼女が若くてキレイだからそうなのだ、というのとは全然ちがうと思いましゅ）。

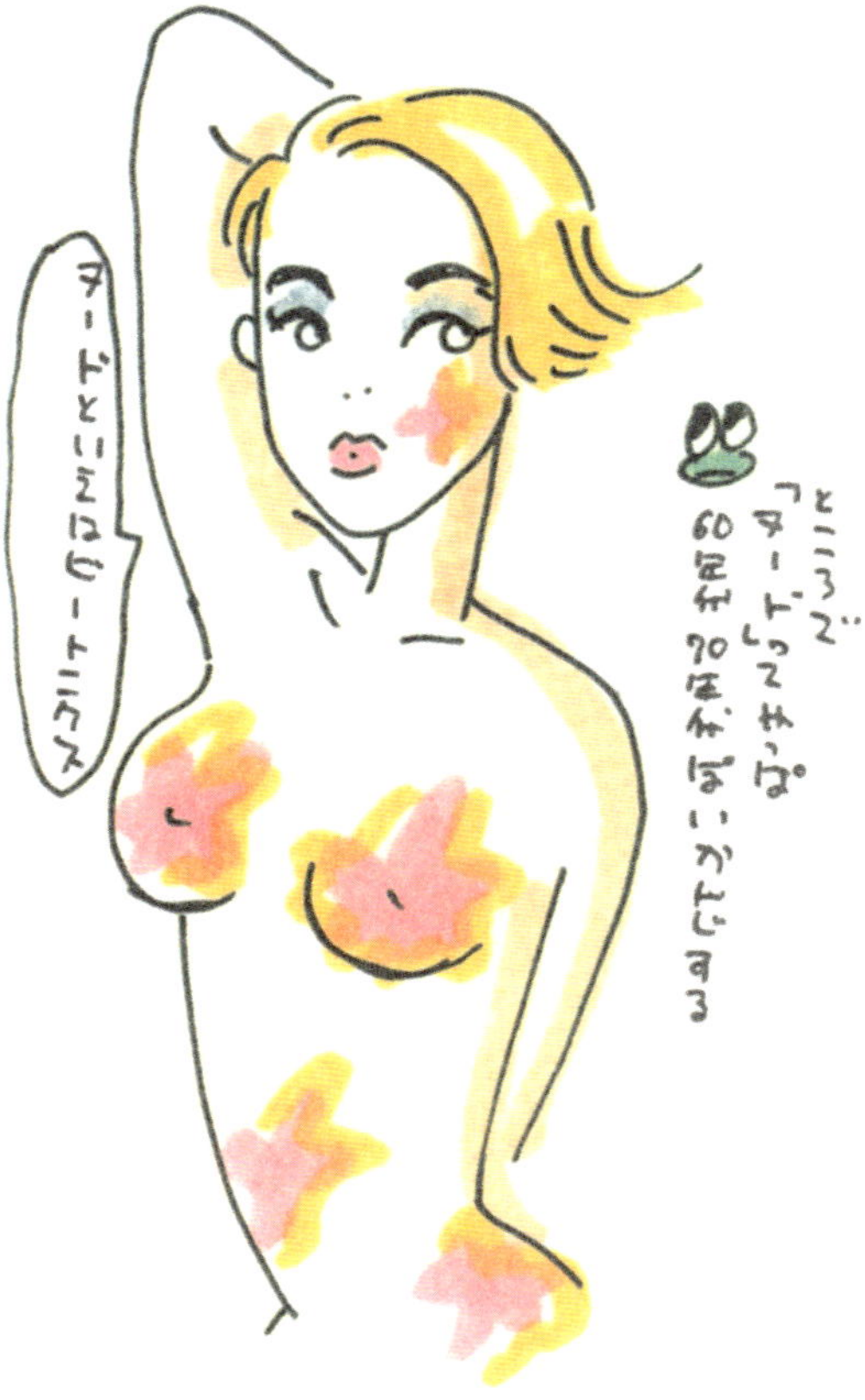
ところで「ヌード」ってやっぱ
60年代70年代っぽいかんじする
ヌードといえばビートニクス

45

カジュアルに増える拒食・過食

今週のオカザキ・ジャーナルは四本立てです。

①秋の長雨続きのせいでお野菜が高くて困ってしまいますね。この前下北沢のピーコックでこまつ菜が六八〇円もしてナミダが出そうになりました（↑主婦っぽい）。もうこうなったらビタミン剤とファイバードリンクでのりきるしかないです。

大体、野菜が自然のものだと思うのが大まちがいです。ガンガン石油使ってつくったハウス栽培のきゅうりやマッシュルームなんて半分工業生産品という気がします。渡辺和博氏のまんがじゃありませんが、早くバイオの力でトマト味の牛肉とかポッキーの味のするアスパラとかつくって欲しいものです。

②『テルマ＆ルイーズ』。リドリー・スコットの新作を観た。超面白かったです。でも私はこの映画を「フェミニズムのえいが」と定義するのは反対の立場です。リドリー・スコットという人は観る人が喜びそうな素材を提供しときながら実は別の所で職人的に映画を創る人だと思う。テーマとか主義の人じゃないんだろうなと、家で『ブレード・ランナー』のLDを観て確認したです。

③摂食障害（過食・拒食）が若い女性にカジュアルに増えているらしい。

女子大生三〇〇人に聞いたら3パーセ

1991.11.29

ント弱が「食べて吐く」習慣があったそうだ。食べるということが生きる為でなく、体重の増加への恐怖でしかないということ。私もかつて「あと3キロやせたらすべてが良くなる」と根拠なき妄想と確信によってメチャクチャなダイエットを、した。必死になってダイエットしている人間に「そんな太ってないじゃん」と言っても気休めにもならない。本人が納得するまでダイエットは終わらない。

　ダイエットって「自分に納得がいかない」という自分に対する抗議なんだと思う。

　④とうとつだがフリッパーズ・ギター解散！　らしい。さみしい。

46
香港の人はスゲエ!!

香港に行ってきましたよ。三回目。今回はレディス・アンド・ギャルオンリー総勢六人。三泊四日ズバリ買いましょう!! の旅。いやー買った買った買った。もーバカ買い。

頭悪いといわれてもテーノー丸出しといわれてもお買い物は楽しいな。ウフフのフ。一応「オーシャン・パーク」のケーブルカーとジェットコースター乗ったし。上海ガニ食ったし。帰ったらダンナに大バカ呼ばわりされましたけどね。程度低しと。

でも女のコ同士で買い物すんのって楽しいんだもん(とかずーっと言い続けてるとイヤミでトロイ買い物中年ババアになるんだろうな。以後気をつけるよう努力します)。

さて今回は同行したヘア・メイクの弥生ちゃんの香港業界人の友人が、ナイトライフをチョイスしてくれるとキタイしていたら連絡とれずでガッカリの一幕が。話によると多分その人は英国籍をもっているので香港からイギリスに渡ったんだろうな、とのこと。

やはりあの九七年にむけて、国外に出れる人はどんどん移住しているみたいです。香港の人口は少しずつ減っているそうです。お金持ちとか他の国の国籍をとった人たちね。でも他の人は……。

日本でもヤンエグと食事することなん

1991.12.6

かほぼないのに、やっぱ弥生ちゃんの友人である香港ヤンエグ三人（公認会計士二人、エンジニア一人）とシーメ食いーのの機会があって、そのうちの二人はオーストラリアとカナダに移住するとのこと。もう一人は変わりゆく香港を見とどけたいとステイするそうで。

自分が生き続けるために考え選択し行動すること。それはいつでも誰でもしてることなんだろうけど、もし「（日本がダメになったら）貴女はどうしますか？　どこに行きますか？」と聞かれても答えらんない自分がいるんで、香港の人はスゲエな、ガンばって欲しいなと思いました。

47

恥をさらすのも一興

作詞とは難しいものですね。

私は先日発売されたソニー・レコードの『エキゾチカ慕情』というCDで一曲やらさせていただきましたが、もう、何か、恥ずかしいです。

へたくそで。

歌っていただいた渡辺満里奈さん、曲を作っていただいたキオトさん、ピアニカ前田さんに申し訳ありませんです。最初お話をいただいた時は正直いって「ちょろい」と思いましたよ。一時間でやっつけられるって。

甘かったです。

このことを申すと怒る編集者の方もおられると思いますが、私、実は仕事は早いんです。本業の漫画のほうですが。「ネーム」と呼ばれるセリフとコマ割りだけの作業も六ページのものなら二時間(へたすっと一時間)でやれることもありますし、手作業で頭カラッポで出来ます大描きとペン入れもやはり六ページならアシスタントの方がいれば四時間ほどで上がってしまいます。

たった六分弱の楽曲、楽勝じゃーんと思ったら、ありゃりゃのりゃ。

超むずかしいでやんの。

それにしても今、人のココロを本当に打つ歌というのはどこにあるのでしょう?

西条八十先生やサトウ・ハチロー先生

1991.12.13

のうたは何だかよく知んないけどココロに染みてきますね。最近、美輪明宏氏のCDをよく聴くのですが、彼（彼女？）の歌は私には関係ない世界のものではありますがココロに響きますよ。

関係なくて知らない世界でもとどく音と歌とことば。

「共感」という想像力なき感覚が充満する時代がずっと続いていて、「自分とは関係ない何か」をキョョーする体力ってとんと落ちてて。それはそれでむべなるかなという理由があるんですがね。そんなことを感じました。

まぁ、良かったら聴いて下さいね。恥をさらすのも人生の一興なりと。買うだけでも、いいよ。

48

シアワセのアリバイ

もうすぐクリスマスですね。でも今年のクリスマスはいまイチいま二いま三ぐらい盛り上がりに欠けそうです（考えてみればあの日に盛り上がる義理なんてないんですけど）。しかし私の周りの若い婦女子（ステディな男子いない系）は青い顔して「どうしよう」とその日の来るのをオソれています。いやはや、キリストさんも極東の島国で自分の誕生日がこんな風に意味変換されてるとは天国でビックリしているでしょうね。

去年をピークとした都市部でのクリスマス消費狂騒も一段落して、今年は「お金をかけない、心のこもった、地味な」運営が望まれているようです。ここ一〇年ほどの〝クリスマスのまとめ〟として、「クリスマスはその一年間の幸せの大決算日である（特にイブ）。その日ジュージツしたスケジュールを入れられなかった人間は一年間不幸でさみしい人間である」という定義がいつの間にか私たちのココロの中に算出され、意識・無意識のうちにストレスとなっていましたね。

クリスマスを恐れない者は幸いであると聖パウロは言いました（ウソ）。

一年三六五日の内たった二日間、「シアワセ」でなかった人は「フシアワセな人」になってしまうという強迫感。人間、誰だってフシアワセなのはヤです。そのためだったら何でもするのが人情とゆう

1991.12.20

ものでしょう。

シティ・ホテルの予約パニックもティファニィの行列もみんなその人情のなせるワザです。「バッカでぇ」と口にするのは簡単ですが、その心情もくみとりたいものですよね。

今年、何故あんまり盛り上がってないかとゆうと経済の後退とゆうのもアリですが、やっぱり「アリバイばっか張っても、実はそんなに楽しくなかったから、もういーや」という疲れを皆さん正直に思い始めたのではないでしょうか。多分。何となくだが。

ところで、シアワセのアリバイといえば、あのお方、ユーミンこと松任谷由実氏ですが、私は今年のセールスがどうなるか楽しみです。彼女の商品である、日本的なあまりに日本的な「ドメスティック・ガールズ・ハピネス」。それがどのように売れてゆくかでこの島国のフシアワセの位置が分かるような気がして。

それはそうと、良いクリスマスを。

49

無知ゆえのイメージ変換

九一年もあともう少しで終わりだ。完投だ、ガンバレ、オカザキ・ジャーナル‼　と自分をはげましてたら、来春まで続投と聞いて「ズルッ」と『なぜか笑介』みたく足ズッコケしそうになった師走ではあります。プロ野球だってストーブ・リーグあるのに。ぶつぶつ。とゆう訳で、もう少しだけおつき合い下さいね。

それはそうと、そう、あの！　フレディ・マーキュリーがＡＩＤＳで死んだとゆう話を聞いた（私は中一、中二のつぼみの青春を彼のバンド〝ＱＵＥＥＮ〟に捧げていたのであった。よく似顔絵を描いて『音楽専科』の〝読者らん〟に投稿したなぁ。載ったのは２センチ×３センチぐらいのが一回きり……。でもそれを見つけた時は心臓がはりさけそうだったです）。

フレディという人は昔から「インド人の美少年をはべらせている」というウワサの絶えない人だったので、うーん、なるへそとゆうか。ＡＩＤＳ。

それにしてもＡＩＤＳで死んでしまったという人の話を聞く時の奇妙な現実感の無さは何なのだろう。何だか、まだ実は生きていてひょっこり帰ってきそうな。私だけかしら。その病の痛み、苦しさの症状を私が想像できないからかしら。想像できないものを恐れることはできないから。だから、あの病で死んでゆく人の

1991.12.27

話を聞く時、「ああ、あの人は宇宙人にUFOで連れてかれてもう地球にいないんだなぁ」と勝手にイメージを変換しちゃうんだろうか。無知ゆえに。

　実は私、この前自分のまんがでオカマの人をAIDSで殺しちゃって、何か後味悪りィ毎日を送ってて、それは「知らないものを知らないまま消費してしまった」という後味の悪さで。「AIDS」という言葉を知っていても「AIDS」というものを知らないということ（ま、それは「愛」でも「お金」でも一緒ですけど）。だから私は、フレディは宇宙人に連れてかれててまだ生きてると信じ続けるのです。

50

愛に向かう、心の準備

包帯にくるまれた肉がビニール袋のなかに。外側から見ることはできないけれど、赤黒い全体のなかに白い脂肪の部分。青い番号のスタンプが押されている。それは病気にかかっていて、注射器が刺さっていて。——それがわたしのAIDSのイメージ。そう、それはただのイメージ。

ちなみにわたしは「描いた陰毛五万本」(©川勝正幸)と呼ばれもする(哀しい……)ラブ&セックス&ロケンロールな、まんが家(ほんとか)。青春をともにしたフレディ・マーキュリー様の死を契機に、少しだけAIDSについて、勉強してみようとおもったのでした。そしたら、いやー、驚いたのなんのってなもんで。

調べてみると感染者は、アメリカでは一九万人。アフリカのウガンダでは二万一千人。ブラジルが一万九千人。フランスが一万五千人。そして日本国内では一八九八人だそうだ。今世紀末(っていったって、あと八年後まで)には、世界で四千万人の感染者がでるとの予測も(世界保健機関=WHOの発表による)。

すでに異性感染者のパーセンテージも70パーセント。ごく普通のカップルたちが、次々と倒れているのです。死者の数はアメリカで一〇万人、日本では一七〇

1992.1.3+1.10

人だそうだ。この日本の数字、実感として多いのか、少ないのか？

　新聞を読めば、ニューヨーク市内の公立高校ではコンドームが無料でくばられはじめ、パリではコンドームの二四時間宅配便のニュー・ビジネスが繁盛しているそうだ。スゲー。

　ゴージャスな病、きらめくゲイたちの「きれいな病気」、絶対自分はかかりっこない「世紀末の病」……そんな対岸の火事としての、いい気でのんきなロマンティシズムをぶっちぎり、ブイブイいわす、この現実。

　愛し合いたい。セックスしたい。でも、死にたくない。そんな胸をかきむしる煩悩の嵐が、世界中の恋人たちの胸に、吹き荒れていて。この現実のなかで、これから、あなたは（わたしは）どう生きることが、愛することができるでしょうか。

それにしてもデレク・ジャーマン氏は、りりしい。

51 曖昧などんかんさ

『スタジオボイス』誌一月号の特集「アメリカの狂気」を面白く読んだ。

現在のアメリカで何か（映画、小説、写真、ｅｔｃ）をフェアに提出するとき、そこには必ず狂気が映りこんでいること。アメリカの狂気とゆうものは、特権的に王さまが前後かえりみず白鳥城を造っちゃったり、青ひげの貴族が何十人の少年の生き血を絞ったりするもんじゃなくて。一言で言えば、「ママは家にいて気が狂っている」というものらしい。これはデヴィッド・リンチの絵のタイトルの一つですが。D・リンチと言えば〝ツイン・ピークス〟だけど、あのまっとうすぎる平凡な幸福とあまりにも異常なおぞましさが同等にあつかわれ共存している世界というもの。アメリカ人は清潔に狂気する……。

なーんて言っても、アメリカ人には大きなお世話かも知んないけど。でもB・E・エリスの『アメリカン・サイコ』は早く読みたいです。前評判ばっか聞いちゃってて、何かもう読んだ気になってしまったぞ。どうかどこかで翻訳出版して下さい。お願いです。

前フリが長くなってしまったが（いつもそうか……）、私が思ったのは「だとしたら日本の狂気って何だろう？」とゆうことで。

現代の日本で何かをフェアに提出する

1992.1.17

とき、そこには何が映りこんでいるのだろうか？

……。

シーン。

……そこには、「正確にゆがんだ」アメリカ的な狂気とは似ても似つかぬ日本的な狂気があるのだろうか？

そしてその日本的な狂気とは？

……。

……現代の日本的な狂気（もしそれを狂気と呼ぶなら）、それは「曖昧などんかんさ」だと思う。一言で言えば「私はどこにいてもボーとしてる」とゆうか。マヌケだ。だけど、でも、これはこれで、のっぴきならないぞ。

52 愛ってムゴい

私が今、いちばん気になっているのは「マイケル・ジャクソン、バブルス君を捨てる／猿のプライド傷つけた‼」という事件です。『東スポ』に載ってたんですけどね。

理由は年老いたから、イラナイ、というらしいですが。『東スポ』ですけどな。でも気になる。本当なのでしょうか？人間の子供も買って飼っているとウワサのマイケルさん。その子供たちも大きくなったらポイされちゃうのかしらん。

でも、愛情だけが基盤の関係で、もしそこに愛情が無くなったら、そこに関係を結ぶ根拠も理由も無くなっちゃう訳だし。愛ってムゴくも無惨ですな。しみじみしじみ。

私はここで最初、自己溺愛の国の王子様マイケルさんが、いつも自分以外の愛の対象に生身の人間以外（もしウワサ通りに子供を飼っていてもそれはグッズとしてだろうし、E・テイラーやマドンナもスター・ピンナップとして）を選ぶことと、最近増えているらしい単独生活者（特に女性）のペット愛好者を関連づけて、都市空間の個室に充満する自己愛について書こうとしました。ちょっと前まではペットを飼うという行為は家庭にある種の規律を構成メンバーに確認させるものだった、でも、とか。

でも、やめた。

1992.1.24

考えてみれば、昔ネコを少しだけ飼ってたとき、人間以外の生物がどんなに人間とちがうか（当たり前か）得がたい経験を得たし、人間以外のケダモノにどうしてこんな愛情わくか不思議だったし。

人間が人間しか愛さなくちゃイケナイ、というのは多分何かに対する恐れからなんだろうけど、モノに対する愛だろうとケダモノに対する愛だろうと愛があればいいと思う。やはりいちばん私がコワイのは「何も愛せない空っぽ」だから（そういう意味では〝オタク〟も私はえんごする）。

バブルス君、気おちしないでガンバってね。

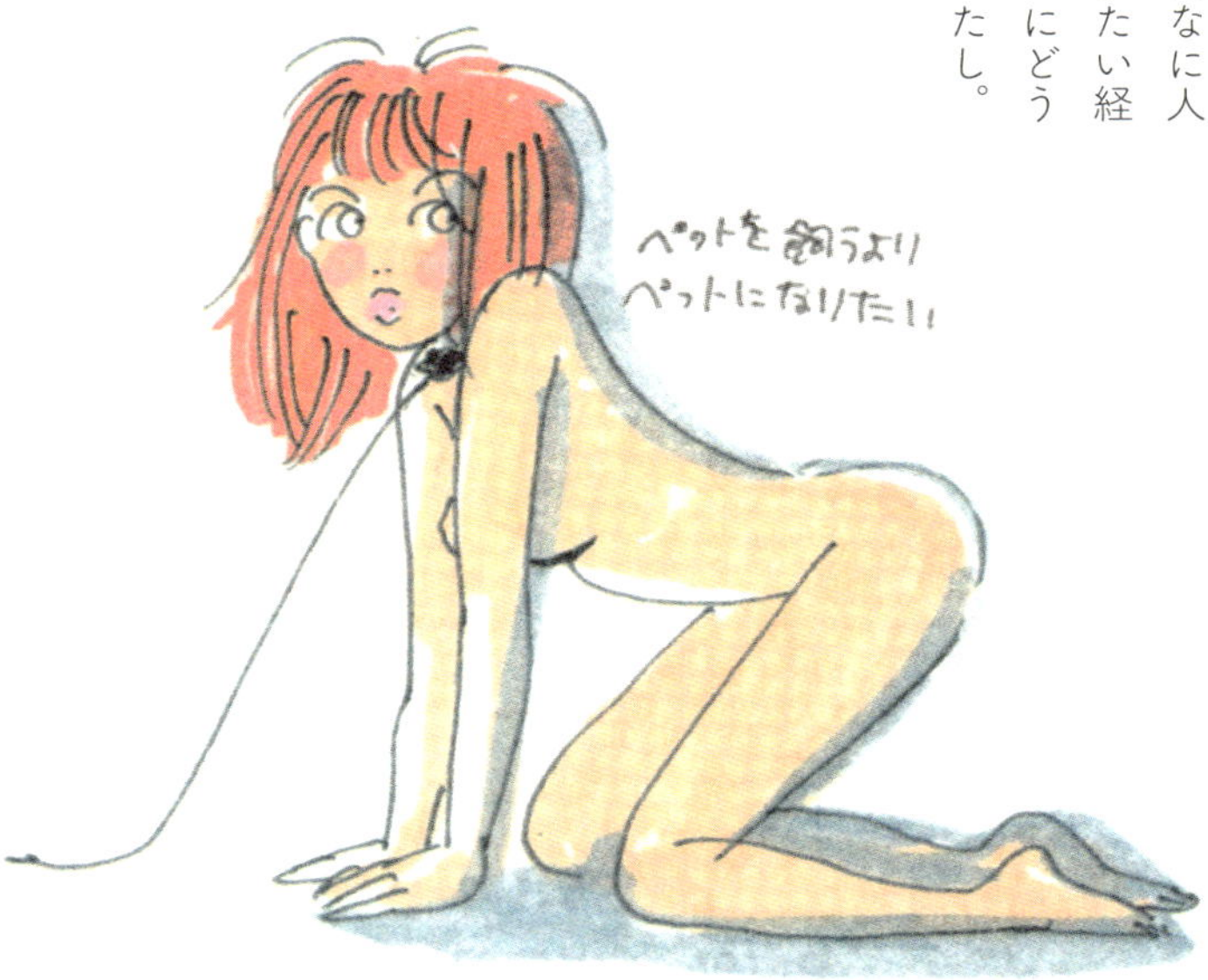

53

モノとココロの間でちょろちょろしていた

新宿の「バーニーズ・ニューヨーク」に一生もんのベィビィ・パールのブレスレットを決心して買いに行ったら、売れてた。ガッカリ。涙が出そうになった。ホントに。一年間見守ってたのに。あまりにステキなもんなんで、カジュアルに買うとバチが当たると思って自分の誕生日まで待ったのに（しかし自分で自分の貴金属を買うのって女としてサミシイ……）。ちぇ。

①欲しいもんがあったら迷わず手に入れろ、②他人の欲望は制御出来ない。この二つのことを胸に深く刻んで強く生きてゆこうとする私。

しかし、景気がどんどん悪くなってゆく中に①のようなライフスタイルってもう、アウトかしら？　それより先に、もうすでに欲しいもんてモノでは無いとゆう話もあるし（私はまだあります……）。最近聞いた話でちょっとビックリしつつ分かる気もしたのは、今のフツーの高校生ぐらいのコって別にもう、とりたてて欲しいモノが無いってこと。あと、今、充分シアワセだから逆に将来このシアワセがこわれるのがコワイとゆうこと。つまりもう「上がり」に入ってる訳ですね。何か②の「他人の欲望は制御出来ない」というのを「他人の欲望の無さは制御出来ない」と言い換えたくなります。でも別に、高校生じゃなくても世の中全体

1992.1.31

が「上がり感」高いですよね。だからと言って、「もうモノではない、ココロだ」とすぐ単純に言いきって転向しちゃうのも、ズルいと思うけど。

この一年ぐらい、私たちが「モノとココロ」の間をうろたえながら、ちょろちょろしていたことを象徴しヒットした商品がありますそれは何かとたずねたら。

香水です。

今まで私たちが欲望してきた商品は、どれも視覚的な刺激を与えてくれるものばかりでした。でも「匂い」という……あ、もう行数ないや。あとは皆さんの想像におまかせします。

54

愛って、はた迷惑

大洋のなにがしの選手が幼女にエッチなことをしたカドでタイホされたそうで。うちの母が「日本の警察ってスゴイわね、やっぱり」と目を輝かせて語る。DNA捜査で話題の、足利の幼女殺人事件もあったし。時代はロリータに向かってるのかな、なんて一〇分間ぐらい思ってしまった。親御さんには、申し訳ない、とあやまります。

でも、何か、そのキモチも分かるな。少女（または少女とも言えない幼い女のコ）にココロがゆくっていうのは。私はすでに一応、オトナオンナですから、当事者の心理から一番遠いところにいて、大きなお世話かも知んないけど。

愛という幻想を（または真実を）投影する対象としての異性。その異性に対する幻想（または真実）を甘んじて受け入れられる神秘的な年齢というものが、年々低下しているんじゃないか、ということ。上手く言えなくて、ごめんなさい。でも、ハンバート・ハンバートの時代には一二歳は立派なロリータの年齢だったけれど、今となっては……。

少女論とかになると話がややこしくなるけど、今「少女的なもの」を追い求めると、少女と呼ばれている年齢のコの中にはすでに無く、幼女としか言えない年齢まで下がってしまうんではないかということ。またはフィクションの中とか。

1992.2.7

今の女のコ、女のヒトってほとんどケダモノみたいだし。ナイーブな男の人でナえる人も多いと思う。

私は昔、ロリコン雑誌とかでもイラストとか仕事していて、「こーゆう世界ってキモチ悪くてヤだなぁ」と思いつつ、「でもこういう場所である種の愛としか言えないものが育まれているんだな、関係ないけどがんばってほしいな、世の中に負けずに」とも思ったものです。

すべての愛は肯定されるべきだと思う。親御さんには迷惑かもしれないけど。でも、愛って、はた迷惑な場合の方が多いものですよね。

55

無力で無知であること それが本当に情けない

二週間のごぶさたです。でも、何があったかは聞かないで下さいね。くすん。しかし、いつも思うのは、原稿オトすぐらいなら書くほうがまし、ということではあるが（分かっているなら何故だ！オカザキ！）。

ところで、朝鮮人従軍慰安婦の問題について。私は何かを、何かを言いたいのだけれど、それをどう伝えていいのか、ちゅうちょしてしまっていて。そもそもその「何か」とは何なのか？

今、私が過去の日本を「他人ごと」として「信じらんなーい、ウッソー！　許せなぁぁい」と言うことはたやすいし、「戦争は人間の心をゆがめてしまう悪夢だ」と言うことも出来る。でも、もし、私がその悪夢のさなか、信じられない時代に生きていたとしたら？　そして、その時に私はどうしていただろう？

私はよく想像する。もし、あの時代、一億一心を高らかにうたわれていたあの時代に生まれていたら、どう生きていたかと。モンペに竹ヤリで本気でB29を落とそうと考えていたのだろうか？　多分、本気で考えていただろう。瞳、輝かせて。

かつて一度あったこと。それは全部、私たちじしんの問題だ。それがアウシュビッツだろうと、広島であろうと。でも、それはただの言葉だ。私にはその「痛み」は分からない。その悲痛な叫びは想像出来ない。想像したとしても、それはちゃちな物語の貼り合わせ、切り貼りだ。無力であり無知であること。それが本当に情けないです。

何言ってんだか良く分かんなくなってきたけど、このことを「歴史の悲劇の物語」として消費することだけは絶対したくない。それだけは思います。

そしてかの国の方々に「ごめんなさい」と言いたいです。それもまた言葉でしかないかも知れないけど。

でも。

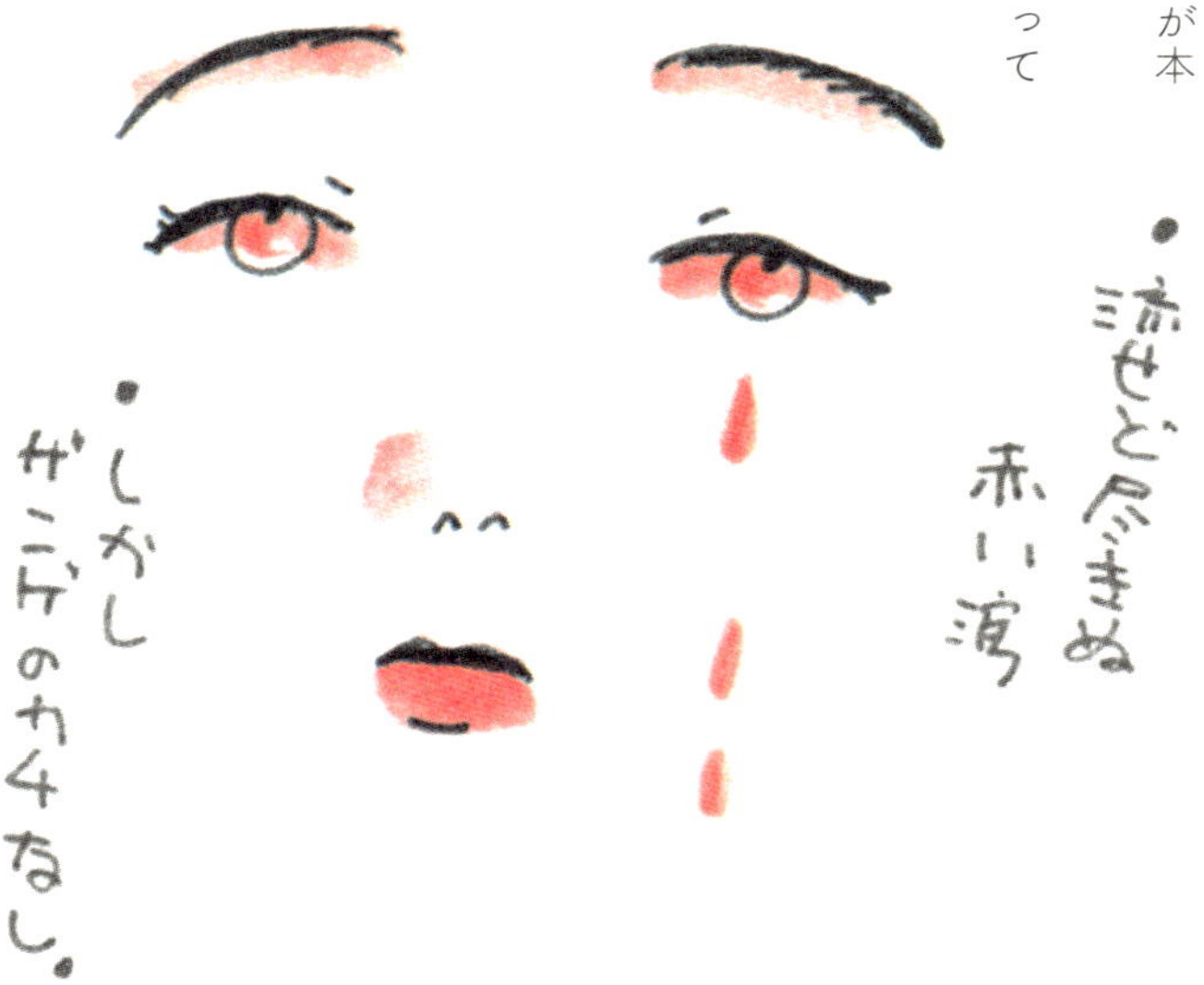

56

自分が死ぬ、可能性

先日、めったに行かない出版社のパーチーにめったに履かない8センチヒールの靴を履いて出かけた。高いヒールを履くと腰で歩かないといけないから、ウッフーン、女を感じちゃうわ♡、という話では別になくて、そんな靴を履きながらもTAXIでなく井の頭線に乗って行こうとするところが貧乏性だにゃあ、という話でもなく、その井の頭線に乗るべく下北沢駅西口近くの踏切に行くと、何と！　花束が供えられているじゃあーりませんか。

それって……。

車中の友にキオスクで『MRマガジン』買って読みつつも、その花束を見た時の「こわいけどなつかしい感覚」というのはなかなか頭の中から出てゆかなかった。

パーチーの会場はキラキラ華やかで、しかし私の居る場所ではなく、ワイン三盃かっくらってすぐ帰ってしまった。パーチーってきっと退屈するためにあるんだワ。だってジャン・ポール・ベルモンドも『気狂いピエロ』の中でパーチーにへきえきして、アンナ・カリーナと逃避行に出て行ってしまったじゃない？

私は家に戻って、お昼の残りのおにぎり食べましたけどね。ダンナと。

おかかと梅、そしてシャケ。美味しかったから、いいけど。

1992.2.28

キラキラピカピカと今も（まだ、どうにか、どうしても）輝き続けなければならない都市というもの。年老いて、そして死ぬことを拒否する厚化粧の女のような。

でも、やっぱ、あの花束は、そういうこと、なんだろか。やだな、こわいな。でもゾクゾクするな。何でだろう？　トンチンカンな考え方かも知んないけど、そういったものを見るたびに私は「自分が死ぬ、ということの可能性」を感じて高揚してしまう。そうして自分が生きていることも確認、する。

57

「エグゼクティヴ・キッズ」の不安

○不景気らしいですね。

☆バブルがはじけたせいでしょうか？でも正直言って、この「バブル経済ほうかい」ってどういうことか分かんないんです、私。

○何故、空は青いの？　と聞いて返ってくる答えが、光の屈折のかげんのせいさ、と言われている様なものですからねぇ。一応、納得はするけど実は訳分かってないっつーか。

☆それが居心地悪いですね。

○今思えば八〇年代って、いい時代でしたね。記号的な名詞や言葉を叫んでいればやりすごせていて。

☆パラダイム・シフト‼　とか。

○エグゼクティヴ・キッズとか。まぁ、これは雑誌『小学六年生』が使っている造語で最近のものですけど。私、『小学六年生』という本は大好きなんですけど、この「エグゼクティヴ・キッズ」という言葉を聞くと不安になってしまう。

☆オトナと同じ生活様式マニュアルが年齢下がっただけじゃーありませんか、とか思っちゃいます。

○ブランドもんの服にワープロ、ファミコン、個人電話やファクシミリ、スポーツジムに通うとか。

☆でも、高度消費生活というのは年齢や性別のボーダーを消してゆくもんだから仕方ないのかなぁ。

1992.3.6

○あんま、実年齢って意味なしませんからね、最近。でも、私、やっぱコドモって期待しちゃうからな。何かやってくれそうな気がして。コドモさんには迷惑かも知れないけど。

☆でも、私、他人に期待しちゃいけないと思うんです。私は悪いけどコドモさんには期待してないです。ある方向から言えば、今やオトナもコドモも老人もないですよ。

○そーかぁ……。

☆いや、何とゆうか、「自分がコドモ／老人になる」という作業が重要だと。自分の中に全ての性や年齢が内包されていると。

○むつかしいですね。

☆そーでも、ないよ。きっと。

58

がんばれ!! セルゲイ

夜よりも暗く、広さの感覚すら無意味で、時間という概念すらアンビリーバブル。なんてったって無重力。前に進んでいるかと思ったら後ろに下がっているような? 宇宙。想像するだけで、足元がふわっとして首の付け根がクラクラしてくる。そんな場所をただ一人さまようセルゲイ・クリカリョフ三級飛行士の置かれている苦境と困難さは、私には想像もつかない。

みなさんもニュースなどでご存じでしょうが、クリカリョフ氏は、昨年五月、技師として宇宙ステーション「ミール」へ。彼が宇宙で任務を遂行しているあいだ、ソビエトは崩壊。宇宙開発どころのサワギではなくなり、財政難などもあり、昨年の一〇月の帰還ロケットの打ち上げもならず、今なお、その予定は危ぶまれている(らしい。当局は一応三月の帰還予定といっているそうですけど)。彼は「健康がすぐれない」と不安を訴え、レモンを欲しがり、食料ロケットでレモンが届けられると、今度はハチミツを欲しがっているらしい(おまけにゲーム・ボーイも送ってあげればいいのにと私は思います)。

考えてみれば、今まで宇宙飛行士といえば、栄光にいろどられたヒロイック・スーパーマンとして、私たちはイメージしてきた。人類で初めて宇宙に飛び出し

1992.3.13

「地球は青かった」と、誇らしげに伝えたガガーリン。「なにクソ!」とヤンキー魂を見せつけたジョン・グレン。月面に人類の第一歩を踏み、星条旗をつきたてたアポロ11号のアームストロング船長。「人類」をしょってたったようなアストロノーツたちの、あの輝かしい栄光は、セルゲイには、もう、ない。彼が月収五〇〇ルーブル(約五五〇円ぐらいか?奥さんのレナさんも泣いてるらしいぞ)と引き換えに得たものは私たちの想像を絶するような不安、孤独、恐怖……。

宇宙に置き去りにされ、一日一六回ずつ地球の周りを回り続けて数百日過ごしている間に、じぶんの祖国がなくなってしまうことって……。

このニュースを知ってから、ずっと私の頭のなかで「♪地球ッヲ、マッワレ。七回半、マッワレ」という(誰の歌とも忘れてしまった)歌が、リフレインし続けるのだけど、このメロディーがまたなぜか超能天気なのだった。がんばれ、セルゲイ。

59

テクノロジーの巨大な疑問符

ワタクシの部屋のエアコンはもう一〇時間以上も回りっぱなしのくせに、室温はさして上がってはいなくて。

もう時間はウシミツどきではあるが、エアコンの室外機の震動音が、気がつくと鳴りひびいている。低く、低く。でも気になると、うるさいにゃあ。目には見えないけど、部屋の中には電波も飛びかっている。AM・FM・TV・衛星放送、コードレスフォン、各種のリモコン機の。

生活が磁気を帯びるようになったのは、いつ頃からだろう。マイクロ・ウェーブの電子レンジ。ワタクシの母が甘い甘い蒸しパンみたいなケーキを得意気にレンジでチンして作ってくれた、あの日。ワタクシが近眼にもなっていず生理も始まっていなかった小学四年生の頃。

室内の磁気の量が多くなるにしたがって私たちの生活というものはどんどん観念化、抽象化されて来たみたいね。何だか。

エジソン博士の大いなる発明の数々が今のマイコン制御の炊飯器などにつながってゆく。平野レミ氏も大よろこびだ。

ごはんを食べることも、おフロに入ることも、仕事をすることも、遊ぶことも。デートをすることも、セックスをすることも、一回電気分解されてから、もう一度再生されたかのような私たちの生活。イオンの清潔なにおいに包まれた（つま

1992.3.20

りは無臭な)。

このことを「良い／悪い」の二分法で思うのは、やめよう。カップヌードルのCFのようにお腹がすいたらマンモスを追うのが「正しい」と思うのも、やめよう。

〝テクノロジーの海の上に浮かぶ巨大な疑問符〟ローリー・アンダーソンのビデオを久しぶりに見た。

問いを発しつつ、性急に答えや結論を出さずに、そして〝YES〟と言い続けること。

YES。

そしてワタクシは、ここにいる。エアコンの「ブウーン」とも「ビリビリ」ともつかない体に悪そな震動音の中で。YES。

60

ハロー・アイラビュー グッバイ・ジ・エンド

トーキング・ヘッズが解散したと聞いて、そのフェイド・アウト的な終わり方に一抹のさみしさを覚えつつも、昔のアルバムひっぱり出してしみじみ聴こうという気にならないのは、何故だ。

フリッパーズ・ギターが解散した時も、そのスカンとしたあっけなさにちょっとびっくりはしたけど感傷的な余韻は残らなかったなあ。

「であいもわかれもひとときのごらく♫」(「プルプル通り」©サエキけんぞう) というようなかんかく。ハロー・アイラビュー、グッバイ・ジ・エンド。

起こってしまった出来事が、物語やドラマをつむぎ出すことなく、時間の流れの中で「ただそれだけのこと」として単独でピンで止められてゆく (でも実際は色々そうスッキリしてなくて、ホックニーのフォト・コラージュみたくペタペタいろんなことが重なりあってしまってややこしいことにはなってるんだが)。

私が住んでる下北沢には期間限定付き (一年間ぽっきり) のアミューズメント・レストランがあって (それは一〇年間封鎖されていた丸井下北沢店の跡地に出来た「グランド・ステーション」というやつなんだが)。これがまた、「何で?」というような根拠のよく分からんちんなテーマ (数カ月ごとに〝ヘミングウェー〟〝マドリッド〟〝ドラキュラ〟〝バリ〟そ

1992.3.27

して今の〝モーツァルト〟）のもと、内装、外装、メニュー、ショウの内容を変えててその前を通るたび「何だかごくろうさん」と思っていたのだが、そこももう閉店する。一年が過ぎたのだ。

私は物見遊山で一度だけ行った。〝バリ〟の時で、レゴンダンス（のようなもの）のショウの後、ビデオでどしてかなんでかジャマイカの風景を流していた。ごはんは、中々おいしかった（チキン・アカム、サテ、ナシ・チャンプルを食べた）。

さよなら。

みちでバッタリであったよ
あちともしらんかおでとおりすぎたよ
でもそれはぼくにとって
よのなかがひっくりかえることだよ

61

また電話します。じゃ

○もしもし。
♡はいはい。
○FAX、パソ通、携帯電話やコードレスなどの、一般家庭及び個人普及はハヤかったですね。
♡です。みんな五年前にはなかったかも"プロ"のもんでしたのに。
○です。私、四年前FAXが来た日は「こんなものがウチにあっていいのか?」とコーフンしたのを覚えてます。プロッぺぇじゃーん、とか。
♡でも、その時、もうプロだったんでしょっ。一応。まんがの。
○いや、何か、後もどり出来ないかな、腹くくって仕事するっきゃないな、と思ったんですよ。ホラ、私、「飽きたらやめろ」がモットーですし。世間様は「飽きたら捨てろ」でしょ。飽きちゃイカン、飽かせちゃイカン、と。
♡村田英雄の歌みたいですね。一応これで遠距離伝達のツールは出揃いつくしたって感じでしょうか?
○TV電話が残ってんじゃーん。
♡でも、ソレ、出来ても安くなっても、あんま普及しないと思います。自分の顔を映すカメラとTVに映る相手の顔、どっち見ていいか分かんないじゃないですか。なんか、やだ。
○部屋が汚かったりすると悲惨ですよね。恥ずかちい。

1992.4.3

♡恋人達には、いいかも、です。
○TV・テレフォン・セックス。ダイヤルQ^2なんか目じゃないセックス産業も出て来るでしょうね。
♡いいですね、それ。
○いいか悪いか、どっちだ。でもTV電話が普及すると私達の身振りや感受性も変わってゆくんでしょうね。
♡へんに演技性が求められそうですね。芸の無いやつにはかかって来ないとか。でも声だけの方が匿名性が高いから、その分「演じる」ということに関しては今の電話の方が優位だと思います。あ、キャッチホン。
○では、切ります。また。
♡また電話します。じゃ。

「父性言語」って、どーも

のっけから私事で恐縮ですが、この「オカザキ・ジャーナル」の執筆は、いつも超難航。読者のみなさんには関係ないことでしょうが、いつもみなさんが一分程度で読んじゃう、この、たった千字足らずの舌たらずな原稿。でも、書くのは、大困難。マンガを描くのはあんなに速いのにな。いったい、〈なぜ、この原稿がこんなに大変なのか？〉さて。

今も、よし、はりきって原稿を書こうと思って『朝ジャ』をパラパラめくってみましたが、宮田諭さんの「東京チャンチャカチャン」は毎回飛ばしてんなーとか、田中優子さんの「EARLY　MODERNの図像学」のページはいっつもきれいだなーとか、永井トビオさんのコラム、やってくれてんじゃん……とか思いながらも、いろんなページの「歴史的意義」とか「柔軟戦略」とか「摩擦の構図」とか「症候群」とか……特にそういう文字が目に痛くって、もちろんちゃんと読めばいろいろなるほどなーとか思うんですが、なんか、その、おとうさんにしかられているようで、気持ちがしゅんとしてくるのでした。問題意識も少ないしなー、私の場合……とか、ね。

なにしろ難しいことやめんどくさいことは大の苦手、楽しいことならなんでもダーイ好き、「快楽原則で、GO!」の漫画をナリワイにしている人間。きっと

1992.4.10

かつてのソ連なんかに生まれていたら、即、反革命分子として粛清ですよね。こえ〜ッ。

こんなあたしも、世の中のいろんな動きは知りたいし、向上心だってあるつもりですが、努力は嫌い。手前勝手なアンビバレンツに引き裂かれながら「世の中の本や雑誌なんて、み〜んな漫画になっちゃえ！ 天国の手塚先生、お願い！」とかほざきはじめる始末。

あの、結局、私には、「父性言語」ってものが、なんか、時々、肌に合わなくなって……。あの、法によって統括された言葉の世界の要人〈絶対的な父〉の言語が……どーも、実は苦手みたい、です。でも、この傾向、私だけじゃないですよね？ ね？（くわしいことは、ジャック・ラカンの学究、香山リカさんに、お尋ねください）

63

感覚は分裂。出鱈目でごめん

先週号で私はじぶんがこの原稿を書くのにすごく時間がかかることと、父性言語は苦手というグチをこぼしましたが。今回は、前回にやや引き続き「感覚」と「表現」をめぐって、いっちょう書いてみます。

マンガを読みはじめて、はや二〇年。描くことをナリワイにして、はや八年。今さらながら、マンガって、ある種の舌たらずな、言葉にうとい、分裂的な人間にとって「治療的な」役割を果たすのではないか、と。

それが言いすぎだとすれば、ある種のマンガや映画、絵、(そしてもちろん音楽)などは、感覚は分裂していてあたりまえ(分裂こそがキモチイイ)ということを私たちに教えてくれているのではないか、と。

おもいつくままに榎本俊二さんが『週刊モーニング』に連載中の『ゴールデン・ラッキー』、古典的なところでは石ノ森章太郎先生の『JUN』、なつかしいぜ鴨川つばめ氏の『マカロニほうれん荘』、青池保子先生の『イブの息子たち』、分裂マンガの父、杉浦茂翁……。

映画ならゴダール、クローネンバーグ、デイヴィッド・リンチ、ピーター・グリナウェイ……。ルイ・マル『地下鉄のザジ』もかわいくもすごい、フェリーニなんかモチのロン。

1992.4.17

絵画では当然ダダ〜シュールレアリスムのみなさま方とか、音楽ならジョン・ゾーンの『ネイキッド・シティ』とかね。……ビバ、スキゾ・キッズ！

なにを今さらぎっちょんちょんと言われそうですが、今、私はいとうせいこうさんとイラストレーションと言葉による本を（私がまず絵を描いて、そしてそれを見ながらいとうさんが話を書くという一風変わったフォーマットで）作っていて、そんなことに気がついた（というか、思いだした）のでした。

えーと、ともすれば文章って感受性の分裂を物語化し、リニアーにトレースしてしまうもの（動機を求め、因果を結び、起承転結、序破急……とか、ね）。一方、イラストレーションや絵とかマンガは、感覚は分裂してってあたりまえ、飛躍したって大丈夫、出鱈目でごめん、というもの。このバトル、どうなる!?

情報環境はますます加速度的に私たちの感覚を分裂させています。時間というトリックもバレつつある、ような。——感覚の荒野の果てに、未来が見える（なんちて）。ところで、私は本当にマンガで治療されたでしょうか？

64

ゲームはまだ続いている

ドラクエの『I』が出たころ、私たちは「家族という物語の解体」や「家族というものの変容」ということに対して、まだ来ぬ恐るべき（それに対処すべき）未来としてけっこう本気でビビッていた（ような気がする）。「ドラえもん・のび太植物人間ドリーム説」とか「サザエさん・一家離散説」とかのコドモ達のウワサ。来るべきゲームが終わった時のサミシサを乗り越えてゆくための悲痛なシミュレイション。

でもゲームはまだ続いている。終わらないゲームのしんどさ。誰もが参加をギムづけられていて、その誰もが勝てないゲーム。負けて逃げ出すことの出来ないゲーム。「家族」という名のくそ面白くもないクラッシュ。

井上三太君というヤングなまんが家の『ぶんぷくちゃがま大魔王』という単行本が出た。「家庭」というおうちの中にも、「学校」というおそとにも、どこにも居場所の無いコドモ達。箱の中に入れられて育ったレイコ、ジュクのSクラスに入らないと父親にセッカンされるヨシキ、おっぱい殺人者のジュン（デブ）、自分のハナクソほくろが死ぬほど嫌いなナナ、下っぱのペー、アイドル生写真小僧のマコト、そして義眼の「王様《キング》」タイヨウ。

彼らはメディアの中で、路上で、コン

1992.4.24

ビニエンスの商品ディスプレイの前で出逢う（そしてそれは私たちも同じではあるのだけど）。彼らは出逢い、自分たちの「王国」を創ろうとする。

　そして？

「家族」という名のゲームを一度解体し、自分たちの手でもう一度プログラミングしなおすこと。別にこうしたって勝てる訳でもない。でもこっちの方が生き延びられる。だってもうちっそくすんぜんなんだもん。

　三太君の描く人物の表情。すごい。39ページ目の呪詛に満ちゆがんだレイコの顔。ぐっとくるにゃあ。

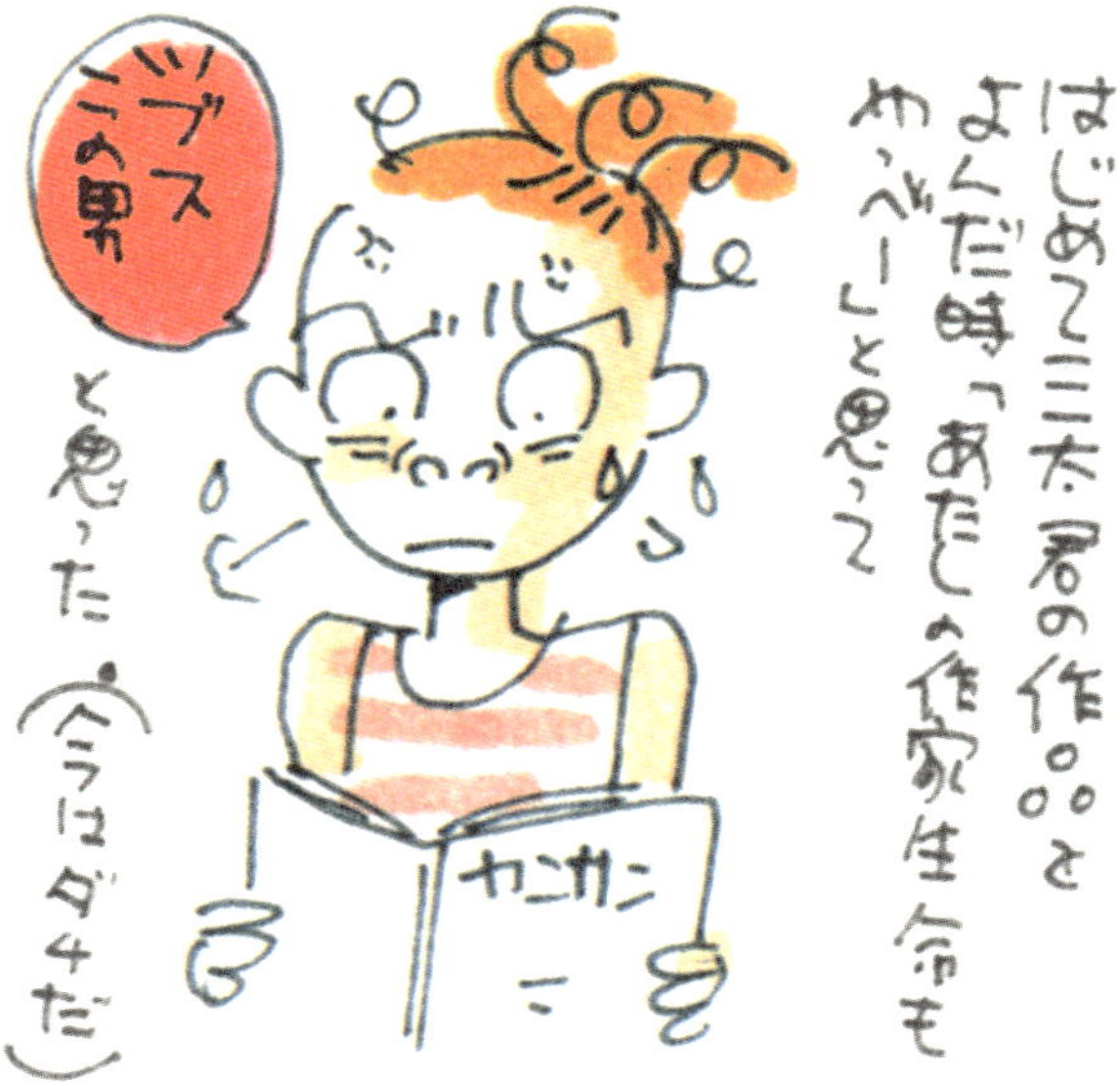

65 雑誌とゆうのは大変だ

この『朝日ジャーナル』が休刊するという。この話を担当の方から聞いた次の日、留守電に「この件についてコメントうんぬん」というのがあって、世の中ってやあね、と思った。悪いけど、あたしゃ今までなん誌の休刊に立ち会ってきたか。しかし六〇年代のある時期『平凡パンチ』と『ジャーナル』を読むことがステイタスであったという話を知るものにとって、両方の休刊時に立ち会うとゆうのは、何かあんのかしら？　誰か頭の良い人、解釈して下さい。

それはそうと、大変である。何がどう大変なのか良く分かんないけど、雑誌とゆうのは大変だ。

今、出ている雑誌で売り上げだけ、広告収入なしでやってけてるのなんて、ほとんど、あるのか？　まんがは、別。まんがの雑誌とゆうのは「超マブなボンタンとイカス裏地つきガクラン」とか「貴女に幸運♡ラピス・ペンダント」とかの広告しか入ってなくても大丈夫なのだ。ほとんどモノクロだし。紙悪いし。実売と実益のグラフの線が一致する、ある種「健康」な場所。八百屋とかおそば屋さんみたいですね。

そんでもって、コンビニや本屋に行って、さんざめいてるカラーのファッショングラビア誌を見てみよう。ほとんど一応千円以下の値段のはずだ（平とじだっ

1992.5.1+5.8

たら五〇〇円以下とか。『ノンノ』って今、いくら?)。でも二〇〇ページの内、カラー一五〇、モノクロ五〇として、印刷費取材費レイアウト代モデル代スタジオ代原稿料ｅｔｃ……と計算すれば一冊その雑誌の今ついてる値段では実はペイ出来ない訳で。私たちは実値より安く売ってもらっているのだ。で、その差額を誰に払ってもらってるかとゆえば「シャネル・マイリフト」とか「資生堂・インウィ」とか「黒ずんだ乳首もばら色に・バージンピンク」とかの広告様なのだった。しかし、だったらタダで見せて下さるＴＶは何だ?

66

でも、シャブはやべーよ

「いやー野音で逢った高一の女のコがさ〝Studio One〟のレコード集めてて、若い女のコのオタク化って進んでる気がするな。で、クラスの連中みんな『スピード』きめてガッコ来てもーラリラリ。教師ビビって何も言わなくて。渋谷のヤクザが売りつけてるらしいけど岡崎さんてやってる？　やってない？　僕らってマジメだよな。まわりにクスリやってるやついないもんね。いやすごいすさんでるよね」

友人のナゾのファンキー・デザイナー八木康夫（四十ウン歳）から電話で聞いたお話。私はその時ひさびさの完徹明けで、もー身もココロもボロボロだったので「あたしも『スピード』あったらやりてー」とか何とか言ってたな。すさんでるう。ちなみに「スピード」とはシャブ、覚醒剤のことです。

さて、ここで私は一体何を「問題」として語ればいいのだろう？

①「浮遊する明日なき九〇年代東京のティーンズの暴走」として？

②大量に流通し、すべてを監視しているかのようにふるまうメディアと実際の「ゲンジツの情報」との落差として？

③日本という国の中でドラッグというもののきき方について？（例えばアップ系ダウン系と分ければヒロポンの歴史からいってアップ系かな、いやアンパンは

1992.5.15

ダウンか、とか）
④働くオトナってまじめだよなー、こんなまじめでいいのかなー、もっとタンデキ系の不良オトナが出てこなくていーのかなー、ということについて？

ふにゃふにゃ。

でも、私が思うのは、こーゆう「問題」を「解決」とか「語る」とかじゃあ無くてぇー（宮沢りえのまね）、やっぱ自分の作品にどう映りこますか？とゆうことなんですぅー。解釈では無くその中を生きること。そんなことを、ふと思った。

でも、シャブはやべーよ。「スピード」とか言ってカッコつけてもさぁ。身もココロも本当にボロボロになるぞぉ。みんな、やめて下さいね。

67

私は知りたい「都市の定理」

まあ、一応、「何かを語る」ということではなく「何かを語る声」が重要なのだという時も、あった。もちろん、その前には「何かを語る」ことが何よりの時もあったのだ。今はしかし、どの語る声もしわがれ裏返り聞き飽きられたという風情で。もう何と言っても何を喋っても口の中に拡がるのはぱくぱく運動するための下あごの筋肉のだるい疲れとまずいつばの味しか残らないようだ。

でも今言ったようなことは、日々の雑務からくるたいださとたいまんさからに他ならないのだけれど本当は。

『朝ジャ』のこの連載もあと一回とゆうことになり、ハテサテ、一体私は何をゆっていたのかしらんとココロをタイムマシンに乗せてみた。

星の願いは幾星霜、思い返せば不勉強のいたらなさ無知の厚顔をさらし、ヤバくてマズい所は性に似合わぬギャルギャルぶりで「だってあたし知んないもーん」で逃げきって。イヤハヤナントモこの一年半ほど恥をさらしてまいりやした。漫☆画太郎の「珍遊記」と『朝ジャ』のない世は闇でやんすよ。あ、まだ一週あるか。

ところで。バラードの言ったことばに「村の定理」というのがあるらしく、どんな所に住む人も人はある一定の人数以上の人には「決して出逢えない」のだそ

1992.5.22

うだ。例としてセールスマンと売春婦を考えてみよう。彼ら（彼女ら）は毎日毎日不特定多数の人間と出逢っているが、決して出逢ってはいない。彼ら（彼女ら）は一種へいそくさせられているのだと。

　そしてこのセールスマンと売春婦ということばを「私たち」と置きかえることが出来る。私たちは毎日不特定多数の人に出逢う。TVの中で雑誌の中で電話の中で。私やあなたがそらで言える名前は、実際の友人より逢ったことも無い人の方が多いだろう。

　でも、だからともかくそんで。私が知りたいのは「村の定理」じゃあ無くて「都市の定理」の方なんだけども。でも、それはバラードおじいさんじゃなくてもまだ誰も。

68

自分と他人が区別できないんですよ

○オカザキさんが今一番欲しいものって何ですか？
♡何ですか急に。
○いや、インタビューって面白いじゃないですか、友人や恋人同士でも絶対しない話でも、かこつければ何でも聞けるし。さぁ、何ですか？
♡やっぱ50'S柄のカーテンとランプかな。あとゴールデンなボディ。B96W56H90ぐらいの。
○くだらないこと言ってますね。『朝ジャ』も今週で……。
♡ソレ、あんまり言わないようにして下さい。でもインタビューってむずかしいですよね。私、中学生の時、世の中のくそインタビューの多さに頭来て「大人になったらインタビュアーになろう」と思ったですよ。
○その割にへたくそですよね。特にするの。
♡他人に興味がないのかも知れません。「存在とは外部性である」という言葉がありますけど、外部に対する好奇心とか少ないしなー。
○対談とかもへたっぴですね。
♡対談とかむいてないですね。インタビューとか対談とかって一種の戦争ゲームじゃないですか。でも勝ちたいと思うほど言いたいことなんて何もないしなぁ。ぶつぶつぶつ。

1992.5.29

○みんなよく、言いたいことあるなぁって感じですか？
♡というか……。さっきまで関川夏央氏&谷口ジロー氏の『かの蒼空に』を読んでて、そうか自我って近代の発明であったなぁ、と。
○自我ってどんどんふくらんでゆきますよね。でもふくらみすぎると表皮がウスくなるってありません？
♡私なんかパンパンとか言われるんですが。でもその分といっちゃ何ですが、自分が他人と区別出来ないんですよね。変な話。最近。
○世間の皆さまのカワと癒着しちゃったんですかね。あ、そろそろ時間ですね。何か一言。
♡生きてゆく私。
○宇野千代かあんたは。まぁいいやぁ。では、また。
♡では、また。

・全然関係ないけど一見から女のコでハカルのは「元気明朗」とか「キャピキャピ」とかじゃなくて「暗い目をした」とかゆうものではないかとふんでいます。
マジ
15・16・17とお〜〜私の人生くらかった〜〜〜♪

コトバのカタログ

植島啓司と岡崎京子のＦＡＸ通信

① 顔

植島啓司 → 岡崎京子

岡崎さん、どうもこの頃「顔」のことが気になって仕方がないんだけれど、自分の顔のことをいろいろ考えたりすることとありますか？　まあ、女の子は毎日のように化粧したり、鏡を見ているわけだから、当然ささいなことまで気にしてるんだろうけれど。男と女とでは見方が大分違うでしょうね。

女は「顔」は化粧などによってある程度変えられるものだと思っている。男はそうは思っていない。いくら手を尽くしてもムダだと思っている。この違いは決定的だと思いますね。勿論、程度の差はあるけれども。

ぼくが好きになる女の子は、普通の基準で見ると、どうも「かわいくない」らしい。ずっとそう言われ続けてきたので、ぼくとつきあった女の子にはお気の毒だけど、どうもそういうことらしいです。よくインタビューとか取材で「好きな女優かタレントは誰ですか?」と聞かれることがあるけれども、自分でも全然明確じゃないし、どう考えてもまともな人が思い浮かばない。美意識

1992.6.1

がないとも言われるけれど、そうじゃなくってキライな顔というのがないだけなんだ。

　上記の質問に対してのこれまでの答えは、松本ちえこ、五月みどり、ダイアン・レイン。どうでしょうか？　そんなに悪くないでしょう。いや、別につきあった女というわけではないんですが。しかし、どう考えてもこの三人には共通点がないね。なかでも松本ちえこはかなり好きで、レコードから、写真集から、ビデオから、記事から、みんな集めたけれど、いまなにをしているのかなあ。

　それでまあ、ふと気がついたんだけれども、ぼくにはあまりキライな顔というのがないかわりに、キライな表情というのはやっぱりあるのね。いわゆる「フテくされた」顔というやつ。「意地が悪そう」とか「ツンとしている」とかもダメ。そういう表情の集合体として、ぼくの場合、人の顔のいい悪いが決まる。だから、化粧では完全には隠せないんだよね。

　さらに、それでは「好きな表情は？」というと、まあ一言でいうと「コケティッシュ」という言葉がピッタリかな。ちょっとセクシーで誘うような表情というか顔つきが好きだと判明しました。

上記の三人の共通点が案外それかもしれないね。ちょっと口が開いているような印象があったりして。

そういえば、デズモンド・モリスの『マン・ウォッチング』に、全く同じ女性の二つの写真があって、どちらが魅力的に見えますかという問題があったなあ。全く同じ写真だけど、一方は瞳孔をちょっと大きく塗りつぶしてあり、どう見てもそっちが魅力的なの。つまり、こちらに対する関心があるかないかによって、その人の魅力が決まるというわけですね。たしかに自分に関心がない人間はつまらないものね。

このところ「美人」が流行らないというのも、そういうことでしょう。「ツンとしている」女はキライだなあ。先日、NHKで美輪明宏さんと一緒だったけど、「色気とは何ですか?」と聞かれて「誘えばおちると思わせること」と答えたのを思い出しました。他人に興味がなく、自分のことばかり考えている人は、やっぱり顔の造作じゃなくって、魅力がない。やっぱり「美人」はダメだなあ。

岡崎さんもちょっと唇が開いている感じでセクシーですよね。岡崎さんの漫画に登場する女の子たちも。でも、それじゃあ、どういう男の顔がいいのかな、女の子にとっては。最近の男の子はみんな植物的な感じがすると思うんだけれ

1992.6.1

ども。

岡崎京子 → 植島啓司

植島さんはじぶんの顔がお好きですか？

私は、よく分かんないです。好き嫌いとゆうよりも。

じぶん以外の人間の顔というものはそれこそ、その人全てのシンボルとして受信している（と思う）のだけれども、ハテサテ鏡に映ったじぶんの顔というものははなはだ心もと無いもので。宇宙人のぼうりゃくかイジワルで全く別の顔が映ってるかも知んないし。

鏡を見ると、いつも（というほどでもないかしら？）この人って誰？って思います。

でも不思議なもので、お化粧を始めるとそんな疑いはキレイに晴れてしまいます。ファンデーションをぺたぺた、アイシャドーは念入りに、お粉をぱたぱた、まゆずみでまゆの形を整え、唇をお好みの色に。

「あるべきじぶん」へじぶんを移行させてゆく鏡の前の女性の真剣さは〝一種、宗教的〟とさえ言えます。

植島さんが「美人はヤ」とおっしゃるのって、（私が思うには）「美人」の人って頭の中に「あるべきじぶん」の最高の状態というイメージが凍結されてて、それが他人によってこわされるのがこわくて「ツン」としてしまうんだろうな。でも、じぶんの顔はじぶんで確認出来ないから、コンパクトを取り出してちらり、うっとり。そしてまた不安になって鏡を……。

でも、もしかしたら鏡とゆうのは古典的かも知れない。今だったらじぶんの顔を印刷物や印画紙、そしてビデオテープでTVモニターに映し出すことが出来るんだし。だけどやっぱり、じぶんの顔を写真や雑誌や（たまに）TVで観ても、ナットクが行かないのは何故でしょう？　別に化粧のノリとかそういうんじゃなくて、何かナットクが行かないんです。

昔、どっかの雑誌で「スルカ」というアメリカのシーメールのことが載ってて、彼女（彼？）は全身隈《くま》なく「じぶんの思うがまま」整形しちゃってて、最終的にはペニスも取ってヴァギナもつくって女性になったトランスセクシャルなんだけど、勿論顔も「思うがまま」整形していて、それがアメリカン・コミックのキャラクター・ヒロインみたいでとてもカッコ良かった。〝バンピレラ〟とか〝バーバレラ〟とかあんな感じに。やっぱり『マン・ウォッチング』にも載ってましたけど、「超正常刺激」ってゆうんでしたっけ？　対応する自然

1992.6.1

界の刺激を超える刺激。人間は明るい花が好きなので自然に見られるどの花より明るい花をつくり、動物を遺伝的に改良し可愛いペットちゃんをつくり、ガラスとコンクリートで都市をつくる。より深い快適と快楽のために環境をつくりかえる。アメリカってこの「超正常刺激」の強い国ですよね。マイケル・ジャクソンしかり、行ったことはないけど、きっとラスベガスの街ってそんな街なんだろうな。

話がそれました。

私がもし「思うがまま」整形するとしたらどんな顔を選ぶでしょうか？　ふと思ったのは「リボンの騎士」のサファイヤですが、きっとやったらグロですね。しんちょうに考えなければ。

表情（＝シグナル・サイン）って才能ですよね。あと努力かしら。植島さんの本で、バリの仮面師にほぼ同じような美しい面立ちをした二つの仮面を、一方は聖女、一方は邪悪な心をもった魔女にと微妙で困難なオーダーをしたら、仮面師は軽く「O・K、かたっぽの口を少し開けさせればいいんだろ」という話を読んだことがあります。人間て、知らないうちに何かの信号を発したり読みとっているのね。私も人生の目標が「モテる」なので、これから意識的に無意識を操作しよう。

ところで男の顔のことですが、何となく「女の子の顔を映す鏡みたいな男の子の顔」が流行してるような気がします。変な言い方だけれど、鈴木保奈美を男にした顔が今一番女の子に望まれている気がするのですが。

植島啓司 → 岡崎京子

うーむ、鈴木保奈美ねえ。彼女を男にすると、たとえば、中村雅俊みたいになるのかなあ。男が思う魅力的な顔というのは、女が思う魅力的な（男の）顔と相当違う気がしますよね。勿論、逆もまた真実ですが。いずれにせよ、顔はとってもエロティックな箇所で、そこから発信されるメッセージは想像を絶する量なのではないでしょうか。一六、七世紀の貴婦人たちがマスク（仮面）で顔を隠したのは、おそらくそのことと無縁ではないでしょう。マスクは性的なメッセージを適度に隠蔽したのです。

しかし、あまりにマスクが流行して、人目につくところでは必ずマスクをつけるようにとなると、もう誰が誰だかわからなくなる。ぼくにはそんな状態のほうがおもしろいけれどもね。アラブでは現実的にそうなんですが、美人不美人はかえってわかってしまうらしいですね。そのあたりのこともまたおもしろい。

しかし、ヨーロッパの場合、外出するとき必ずマスク着用のこととなると、実に興味深いことが起こりました。つまり、「女の愛嬌を他の部分でさらけだそうというわけで」(J・リゲット『人相』)、胸をはだけることが流行するようになったのです。彼女らは乳房を露出して、バランスをとったのでした。

そういえば、ベネチアとパドヴァの中間にあるブレンタ運河の岸にかつてあった奇妙な建物のことを思い出しました。そこのトイレには扉がついてない代わりに、備え付けの仮面が置かれていたというのです。勿論、用を足す者のためにです。

いや、顔について考え出すと本当にきりがないですね。ぼくらにとって顔はむしろ脳や中枢神経系よりも大事な箇所なのかもしれません。盾や防具の文様などがどこか顔に似ているのも、また、蝶の羽の模様が目玉に似ているのも、単なる偶然ではないかもしれませんね。それはまた次の機会にでも。

岡崎京子 → 植島啓司

ここで浮き上がるのは「マスク=顔パンツ」説ですね。性器としての顔を隠す為のベール、マスク、仮面。花粉症の季節にたまさか見かけた白マスクの

人々の姿はまさに「幼児がグンゼのへそパンをはいたよう」で、色気も何もあったもんじゃありません。

でも、この場合は「花粉症用ガーゼ白マスク」という素材のダサさに問題があるのであって、逆に顔のパーツを隠せば隠すほど性的なメッセージというものは強調されてしまうように思えるのは何故でしょう。

例えば目の部分。D・リンチの映画に出て来るアイ・パッチの女、ブレイクの無実の罪で断頭されゆく白い布で目隠しされた姫君、昔の少女漫画の失明の危機にさらされた白い包帯の美少女。視覚を他の者の力で強制的に剝奪された人間は、唇をきゅっと結ぶことが出来ずに半開きの口、何かがねじこまれるのとやってくるのを待っているかのような半開きの唇をしています。

そして何かにおおわれた口元。ベリー・ダンサーのベール、誘拐されてしまった少女の猿ぐつわ、ボンデージのギャグ・ホール。自分で自分の声を発することを禁止された口元。その上にやどる目は誘惑のサインを出しているのでしょうか？　それとも恐怖による懇願？

鼻は？　女の人の場合は、何か、まぬけですね。男の人の場合は何か意味深だわ。ジェームス・ボンドのショーン・コネリーやD・ホッパーなら似合いそうです。日本人なら、勝新とかね。

1992.6.1

あと、顔について興味があるのは、心霊写真とかにナーバスな人が写真のどこにでも顔を見つけてしまって「ブルブルくわばら」となってしまうこととか、他人の視線にさらされ続けた人間（例えばM・モンロー）がどう表情を創ってゆくかとかですが、そろそろ紙面も尽きてまいりました。

ではまた来月。

②エイズ

岡崎京子 → 植島啓司

植島さん、お元気ですか？　私の方はちょっぴりセンチでアンニュイ。空も涙を流すよな季節だからかしらっ（なんちて）。

さて、今月の『広告批評』の特集が「セックスにまつわるナントカ」らしいので私達のとこもそういうのが良かろうとそういうのにしましたよ。ＡＩＤＳについてです。やっぱ「山」と言えば「川」。「セックス」と言えば「ＡＩＤＳ」ですよね。

⇩こっからざっと本の受け売りをします。

「ＡＩＤＳ（エイズ）とは『後天性免疫不全症候群』の英語の頭文字をとった名前であり、そのウィルスは『ヒト免疫不全ウィルス』（ＨＩＶ）と呼ばれている。つまりエイズとは免疫機能が働かずに様々な症状の病気が『無限に』悪化、体が再生不能なまでに破壊される状態をいう。

このウィルスは熱や水、また乾燥にも弱く空気感染しないので日常的

1992.7.1+8.1

な接触（カジュアル・コンタクト）では感染はむしろ不可能。エイズウィルスを含む体液（血液・精液・膣分泌液）が傷口に侵入した時に感染しうる。

最近のデータでは日本でも異性間感染が同性間感染を上まわった」

（山口剛『エイズの「真実」』集英社より）

プハー、疲れた。私はあんま普段は資料の引き写しとかしないんですけど、コトがコトだけに真面目にしました。さらにはあんま「ケーモー」とか好きぢゃないんですが、何かことエイズに関しては「みんな事実を知るべきだワ‼」とか手に汗をにぎってしまいます。何故ならエイズは限られた人の「きれいな病気・特殊な奇病」ではすでに無く、私達がかかりうる「普通の病気」になりつつあるんですもの。

エイズという病気の「面白い」ところ（こう言っちゃナンですが）は、体液が傷口に侵入した時のみに感染が起こりうる、というところですよね。何故セックスでエイズが感染するかとゆうと、セックスは性器粘膜を酷使しますからそこに小さな見えない（痛くなくても）傷が無数に出来て、そこがヤバイ。だからコンドームを、という話らしいです。ディープキスがいけないのは唾液は血液・精液にくらべて10分の１の感染力ですが、もし口内に虫歯やシソーノーローがある場合はヤバイ。同じ意味でフェラチオもペケ。クンニもやばっちい。体位を激しく動かすのもダメ（コンドームがやぶれやすいからか?）。正常位と後背位はよろしい。不特定多数者との性交は望ましくない。セーフ・セックスってやつですね。何かの写真でゲイの人達がお互いに見せっこしながらマスターベイションしてるのを見たことがあります。これなら安全です。でもなあ。何だかなあ。

エイズという病気の恐ろしいところは「恋愛」がその仲介をしてしまうところです。

例えば、パッパラパーの夜遊び好きの腰と尻の軽くてパンツのゴムもユルイ女のコがもしエイズにかかった時、ごくカジュアルな反応として出て来るであろう反応が「天罰が下った」とか「それ見たことか」的な排除の声だと思います。だけど、誰がその女のコのことをせめられるでしょうか？　その女のコがすごくセックスが好きで、セックスというよりそれに至る衝動が好きで、そのセックスに至るまでの欲望の衝動というのが彼女にとって目もくらむほどかけがえの無いものだったら？

そしてその衝動する欲望というものは私達にとってもかけがえの無いものでもあります。だけど、死ぬのもやだしなぁ。めんどくさいなぁ。

1992.7.1+8.1

セックスはファンタジーとしてもすでに疲れ果ててぎざぎざになっていたのに、エイズという具体的な病気のおかげで、もはや私達の「やっかいごと」になってしまった気もします。本当にやっかいだよなぁ。

そこらへん逸脱を愛する植島先生はどうお考えでしょうか？

私は知りたいです。

植島啓司 → 岡崎京子

岡崎さん、ちょっと疲れているみたいですが、その後、元気回復しましたか。ぼくの方は毎年七月から八月にかけては南太平洋での調査です。あとわずかで熱帯のジャングルが待っているかと思うと、なんとか仕事をやれそうな感じ。あとはもう逃げるだけだしね。いつか一緒に行けるといいんですが。

さて、問題のエイズだけど、一九八〇年代の初めにエイズが登場した頃、ぼくは仕事でロサンジェルスに出かけてたのね。当時、新聞からなにから「エイズ、エイズ」で大騒ぎ。まだ日本ではそれほど実感がなかったのに、それでもパニックを煽るような記事が溢れ出していた。同性愛者だけがかかる病気だといってね。

簡単なインタビューを終わらせて、ちょっと余裕ができたので、ジョン・C・リリーが考案したタンクに入ってみようかと、ふらっとウエストウッドに出かけました。そこに「アルタードステイツ」というクラブがあるのは、前々から知っていたのでね。

当時、タンクについては、まだ一般には知られてなかったので、好奇心いっぱいでした。ジョン・C・リリーが考案した「フローティング・タンク」は、そこに入るとすべての感覚が閉ざされて、特殊な精神状態に入ることができるというもの。分裂病の治療に使われたり、メディテーションに使われたりしてた。

ところが入ってわかったのですが、そこに集まっているのは、ほとんどゲイの人々だったんですね。しかもタンクは人間ひとりが入れる大きさで、もちろん内部の液体をいちいち交換したりしない。ということは、ゲイの連中と全裸でつきあわなければならないということでしょう。まだエイズがどうやって感染するのかわからなかった時期ですから、さすがにちょっと緊張しましたね。

各部屋に二台のタンクが並んで置いてある。ぼくはひとりでそこに一時間ばかり入っていました。出るときに脱いだ服を着ようと手に取ったら、ジーンズの上にブラジャーが置いてある。さらにパンティもある。ぎょっとしてふりかえると、隣のタンクから女の子が出てきたんですね。もちろん全裸で。むこうもびっくりはしていたけれど、あんまりこだわらないのかな、もともと。

いいや、まあそれはともかく、当時からすると、大分冷静になりましたね。ただむやみにこわがるというのもなくなってきたし。ただ、ぼくには「誰もがすべての人々とセックスすることが可能な社会」こそ理想の社会に思えるので、エイズ騒動は残念ですね。時代の針をいっぺんに逆回りにさせてしまったんですからね。

しかし、ようやく流行病が根絶されるかなと思うとガンが登場し、自由に快楽を追求することが可能になったかと思うとエイズが登場するというのは、単なる偶然ではないかもしれません。病気というのは、ただ気紛れに現われたり消えたりするものではなく、やっぱりその時代と密接な関係にあるものですからね。

いよいよ、これまでの病気に対する考え方を再検討しなければならない時期にきているのかもしれません。敵は外部にあって、身体の内側に進入しようと時機をうかがっている、それに対して、人間はあらゆる免疫機構を駆使しながら対決する、そういう考え方ではダメだということでしょう。もしかすると生きるということ自体が病気なのかもしれませんしね。どうせぼくらは死ぬ存在なんだし。だから、ガンもエイズも、単に生きるスピードの問題なのかもしれません。

S・ソンタグは『エイズとその隠喩』(みすず書房)で、次のように書いています。「エイズを生み出す危険な行動は、単なる弱さ以上のものとされる。つまり、惑溺、逸脱——非合法の薬品とか、異常とされるセックスの中毒、と。……とくにエイズが過剰なセックスの病気というにとどまらず、倒錯ゆえの病気と理解されているからである」。もちろんここには大きな誤解がある、とソンタグは指摘するわけです。ぼくらはつい「神々の怒り」とか「天罰」みたいに考えがちだけど、そういった思考自体も試されているんだ、とね。

生のシンボルである血と精液によって死がもたらされるというのは、しかし、なんと皮肉なことでしょう。いつかほとんどの人間がエイズになって、そうじゃない人間を襲うとなると、まるでホラー・ムービーのようですね。みんなはそんなふうに考え始めているのでしょうが、ぼくには、エイズ(正確にはエイズ・ウィルス)はもしかしたら本来人間の身体の一部だったのではないか、と思えたりするんですね。これまで分離していたのがむしろ不自然だったのではないか、なんてね。

岡崎さん、もしかしたらエイズはセックスの威信回復のために現われたんではないでしょうか。そうだとすると、エイズについては、もっともっと知りたいですね。

岡崎京子 → 植島啓司

植島さん、ありがとう、もう大丈夫です。

実際、一回目を書いている時は旅行前の何だかんだのことでテンパっていて、少しやっぱ疲れていたみたい。

そう、でも、植島さんが原稿を書かれている間、ちょっとだけ香港＋中国に行って来ました。四千年の歴史をもつ中国には三日間しかいなかったけど、でも、私にとってそこは大いなるオドロキでした。私は今、中国にちょっとだけ夢中です。東京に戻って来たら、エイミ・タンの新刊も出てたしうれしいな。エイミ・タンは御存知ですか？　つるりとなめらかな皮にいっぱい海老のつまった美味しい春巻のような作品を描く、アメリカ在住の中国系二世の女性作家で、私は大好きです。

「エイズ」のお話でした。

私は何となくこの数年間「安くなってしまったセックス」についてぼんやりと考えたりしていました。セックスの株暴落の様子とゆうのか、キキの悪くな

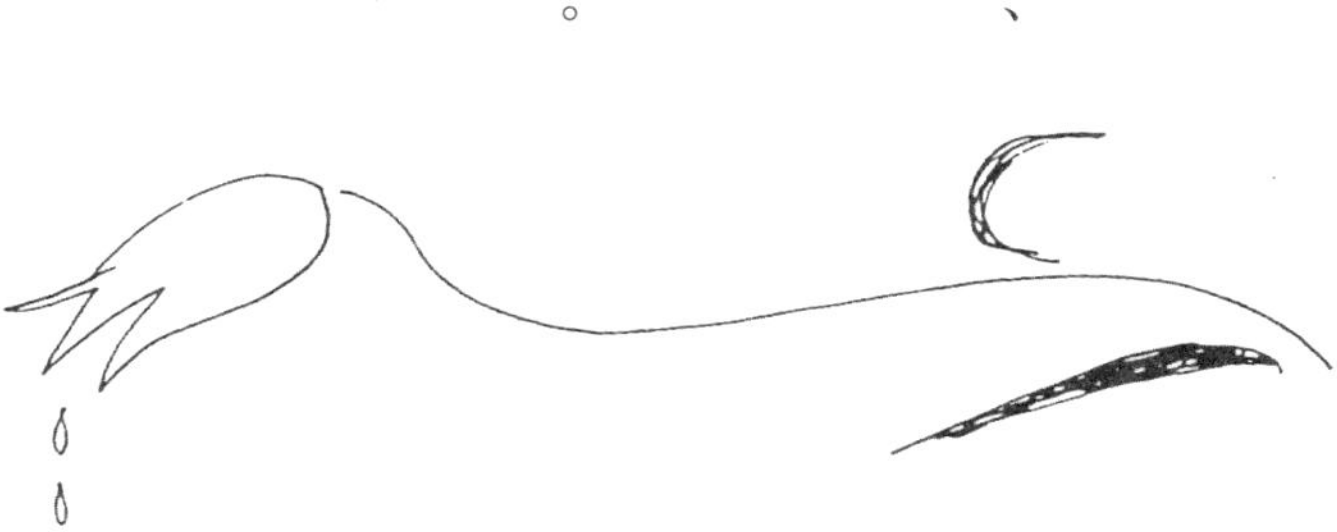

ってしまったコレは何んなんだろーな、とか。よく言われることですが（そして私なんかが言うことでもないんだろうが）セックスがセクシーでなくなってしまったこと。

まぁ、本当はそんなことはないんだろうけど。結局ここ数十年（六〇年代のいわゆる性革命から？）私達は観念的にセックスをやり続けてきて、その観念が疲れてきちゃっただけなのかも知んないけど（exしなくてもいい相手ともしばしば性交を結ぶ、しなくてもいい場合にもしばしば性交を結ぶなど）。観念的なセックス。

「エイズ」という病がこれから私達をどんな風に変化させるか？　それはまだ私にはかいもく見当がつきません。「エイズ」という病はなにしろ一度にたくさんのことが同時に起こりすぎます。ただ一つ言えることはヒステリックにならないことですね。前回の原稿で私はちょっとパニックにおちいっていたみたいだし。リラークス、ドント・ドント・ウォーリー。

P・S。

でもやっぱこの国の今までのエイズ防止告知広告はオソマツだと思うわ。政府・お役所・民間どこのでも。ここらでいっちょ企業と電通が組んで金にあかせたキャンペーンとかすればいいのに。小泉さんとか使って。

1992.7.1+8.1

③ライブ

植島啓司 ↓ 岡崎京子

岡崎さん、先日、大阪の天神祭の前日に「天神バルカ・アート&デザイン・フェスティバル」という催し物がありました。世界中からアーティストを呼んで、ライブで(つまり、現在進行形で)仕事のエッセンスを紹介してもらうというもの。

ぼくがコーディネーターで、マルチメディア・アーティストのインゴ・ギュンター、立花ハジメ、音楽家の小杉武久、ファスト・フォワード、インドネシアを代表する舞踊家サルドノ・クスモ、環境アーティストの清水泰博、ジャーナリストのコリーヌ・ブレという豪華メンバー。いやあ、最高だったなあ。

いやいや、何が最高だったかと言うと、まあ全部よかったんだけれど、特にサルドノと小杉のコラボレーションがみごとでした。小杉が演奏し、サルドノが踊る。前日に音合わせをしただけで、全くの即興。途中でサルドノが姿を消し、小杉はステージを叩きまくる。どこで終わるのか全く予断を許さない展開で、久しぶりの緊張感。こういうのが見たかったんだよね。

サルドノは全然戻ってこないし、小杉は気が狂ってる。そのあたりで終わりと思った観客の中には席を立つのもいたけれど、どうにもおさまらない気分で会場は息をのんで次の展開を見守っている。そして、サルドノも戻るとすでに気が狂っており、小杉が手にもつスティック（？）は、折れて弾け飛んでしまっている。いやはやすごい展開でした。

小杉武久は、ニューヨークのマース・カニングハム・ダンスカンパニーの常任音楽監督で、彼の神業とも言えるライブはすでに定評があるけれど、今回もいっぺんで圧倒された。芸術というのはやっぱり単なる技術じゃないよね、といった気分。サルドノが舞台上で見せるさりげない仕草も、直接心に響いてくる感じ。ぼくはそれぞれとの対談からパネルディスカッションの司会までさせられたので、最後はほとんどダウン寸前だったけれど、やっぱりライブは素敵だ！　そう言うしかないよね。身体的にはともかく、精神的には、まるごと生き返ったような気持ちにさせられたのでした。

このあたりのことは、歌って踊れる漫画家、岡崎京子の独壇場で、ぼくの幼稚な説明などないほうがいいんだけれどね。あっ、そう言えば、このところ「岡崎京子」という活字に感じやすくなって、どの雑誌に書いていてもたちどころに見つけてしまう。いやあ、恋人以上と言ってもいいくらい（笑）。おもしろいライブがあったら今度教えてください。

ぼくのほうは天神祭のためにインドネシア調査から戻ったんだけど、また出かける予定です。八月は南太平洋、九月はネパールに一か月。どれも祭儀（ガルンガンとかインドラジャトラとかダサインという名の祭り）とその場で繰り広げられるダンスと劇と音楽がテーマ。ライブと言えば、それこそ本当のライブかもしれないね。

もともとライブの定義は「場所、日時を定めず行なわれる生のパフォーマンス」というあたりになるのだろうけれど、ほとんどのライブが、現在では決められた枠内で「家畜のように飼い慣らされた」観客を相手に行なわれるようになったのは、いったいどうしたことか。なぜ怒らないんだろう？　みんな。ロック・コンサートでも、ちょっと通路にはみ出すと、係員が飛んでくる。自分で自分の首を締めているようなものだよね。いくら安全のためとはいえ。

何が起こるかわからない。それこそもっとも大切なこと。人が十人ぐらい死んでも別にいいよね。どうせ誰だっていつかは死ぬんだから。無責任なことを言いつつ、ぼくは機上の人になりつつあるのでした。

岡崎京子 → 植島啓司

植島さん、まだ機上の人ですか？　南太平洋。バリハーイ。いいなあ。なんたって、年半分は日本にいないという「さすらいのギャンブラー兼宗教学者」ですもんね。私も早く麻雀覚えて植島さんと卓かこんでみたいものです（そん時はカモんないで下さいね）。

それにしても日本のホールで行なわれるライブ及びコンサートとゆうものは、あまりにいろいろな規制がありすぎてきゅうくつですな。九時に終わるために開演が六時半とか。あらかじめ決まっているお約束の「アンコール」とか。あのクソ面白くもなさそな顔をした係員とか。あの暗い表情をした人たちがこっちを向いて立っているだけでお楽しみも半減です。あの人たちは日常、どういう形でどう解放されているのかと思うと気が気じゃないです。余計なお世話ですけどね。

もし、ライブというものが「日常の中でトッパツ的に起こるハプニングとゆうか非日常的な解放」とゆうものだとしたら、ホール的なライブとゆうものは時間とか場所に限定されすぎててつまりませんね。

そうだ、この前ひさしぶりに夜遊び的なことをしたんですが、今、若い子ち

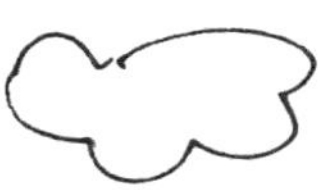

ゃんたちのあいだでコンサートやライブに行く人系とクラブとかディスコに行く人系がけっこうハッキリ分かれてるというのがあって、それは何かなぁ？

　ロックなライブに行くコとゆうのがミュージシャンのエネルギーを受動、充電しに行くのだとしたら、クラブとか踊りに来てるコとゆうのは（なんてゆうのかな）流れてる音楽を体でダンスに変換してるって感じがして面白いです。体をアンプにしてるってゆうか。ヘンな言い方だけど、ロックなライブって「神様」をたてまつるって感じがあるでしょう？　ファンは信者で。クラブとかに行くと「ああ、神は死んだ」って感じ、しちゃうんですよね。

　無神論者たちのダンス・パーティ。

　あと、そうそう（話は全然変わりますが）映画観に吉祥寺をプラプラ歩いていたら聞こえて来たのが「東京音頭」。小さなお寺で小さなお祭りをしてたんです。私は東京の小さな町の町娘でチンケな夏祭りしか知りませんが、けっこう「祭が近いだけでもからだ中が燃えてしまうの（©山本リンダ）」的体質をもっているのでドキドキしてそのお祭りをのぞいてみましたよ。

　でも、何か、ちがうの。

　そのお祭りは吉祥寺商店街がイベントとして組んだ「夏のナントカ。ケチャまつり」とゆうやつで、根拠もなく発泡スチロールのインドネシアの寺院のハ

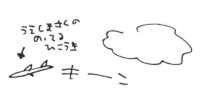

リボテとかあって。しかも夜店とかもあるんだけどテキヤのやってるとこは一つもなくて。やっぱテキヤのいないお祭りなんてクリープを入れないコーヒーのようなもんです。どこか悪いとこ、知らないとこ、暗いとこにつれてかれちゃうようなもんがないとお祭りとは言えませんよね。がっかりしてしまいましたよ。もちろんヤキソバなんか買いませんでした。テキヤの焼かないヤキソバなんて……。

やっぱり私たち、圧倒的なもんが観たいですよね。圧倒的なもの。それ、を体験したことでじぶんの体の中の細胞がちがってしまうようなこと。じぶんの「小さな死」を経て、もう一度生まれかわるような。

私がいま観てみたいものはジョン・ゾーンと美輪明宏さんのライブです。J・ゾーンはこの前、巻上公一さんとやったやつを見逃してしまいました。見逃し、ライブってこれがあるから、あなどれませんね。一期一会ってやつですね。美輪さんのコンサートは母娘孫三代の熱狂的ファンがついててチケット取るのがとても難しいらしいですが、ぜひ行ってみたいです。今度いかがでしょう。紫色のお酒などいただきながら美輪さんの魅力に酔いしれる夜。素敵。なんだか書いてうっとりとナミダが出てきました。

1992.9.1

植島啓司 → 岡崎京子

いまちょうどリンゼイ・ケンプ・カンパニーのONNAGATAという出し物を見てきたところですが、やっぱりライブっていいよね。感動！　ただ、チケットが一万二千円というのはちょっとすごい。お客のほうもこれは命がけだなと思いながら出かけたんですが、みごとに若い女の子でいっぱいでした。うーむ。

リンゼイ・ケンプといえば、デレク・ジャーマンやケン・ラッセルらとの交流で知られ、デヴィッド・ボウイも教えを受けたというなかなかのダンサーなんだけど、以前はあまり知られてなかった。それで、僕も記者会見までして協力したことがあるんだけど、早いもので、もう八年目だとのこと。ダンス・カンパニーがそんなに公演を続けるっていうのもえらいよね。

というわけで、岡崎さんのライブ系とクラブ系という分類は、本当におもしろいね。リンゼイ・ケンプを見ながらも、つい自分はどっちかって考えちゃった。だけど、まあよく考えると、どちらもかなりエネルギーがいること。普通ならば、とても三〇、四〇になるとついてい

けないよね。

　この春から大学の哲学講読で、R・シェクナーを読んでいるんだけど、彼は「パフォーマンス」の定義には、大きく分けて二つあると言う。ひとつは、人間の行為自身をパフォーマンスの一ジャンルとして見る方向、そして、もうひとつは、パフォーマンスを個人的・社会的相互作用の一種と見なす方向だというのね。ちょっとわかりにくいけれど、簡単にいうと、この世界そのものを劇場と見なすか、劇場で行なわれる行為によって世界を理解するか、ということ。なんだかクラブ派とライブ派という分類とよく似ているような気もしてくるね。

　どちらかというと、僕が興味あるのは前者なんだけれども、人間誰でもある限定された枠内でしか自由に振る舞うことができないってこと。踊りのカタのように、行為とか立ち居振る舞いのカタを持っていて、それに自然と従っているんじゃないかってこと。

　さて、このFAXが岡崎さんに届く頃には、本当に太平洋のどこかを飛んでいることでしょう。この二、三年、MITのメディア・ラボからインドネシア・バリ島、アリゾナの生態建築やバイオシェルター、熊野、天河、ニューヨーク、そして、パリ、ロンドンからネパールのカトマンズまで、ほとんど一箇所にとどまることなく移動し続けています。どうしても生《なま》で見たいものがあったから。

1992.9.1

メディアにおける生とは何か。音楽、建築、TV、ボディアート、宗教儀礼における生とは何か。われわれの生《せい》における生とはなんなのか。そんなことばかり考えていました。

さて、もうすぐ熱帯です。そういえば、以前フィールドワークでバリを訪れていたときのこと、バングリというほとんど何もない地域をさまよっていました。ガルンガンというお祭りの日のこと。さらに、そこから北西に道がなくなるまで入り込んだところで夜になった。すると突然人びとが集まり出して、ものすごいトランス・ダンスが始まったのね。もう恐怖とか歓喜とか畏怖とかわけのわからない感情でいっぱいになって、自分をコントロールできなくなった。そう、いつまでもそういう現場にいたいですね。愛する岡崎さん、それじゃまた。

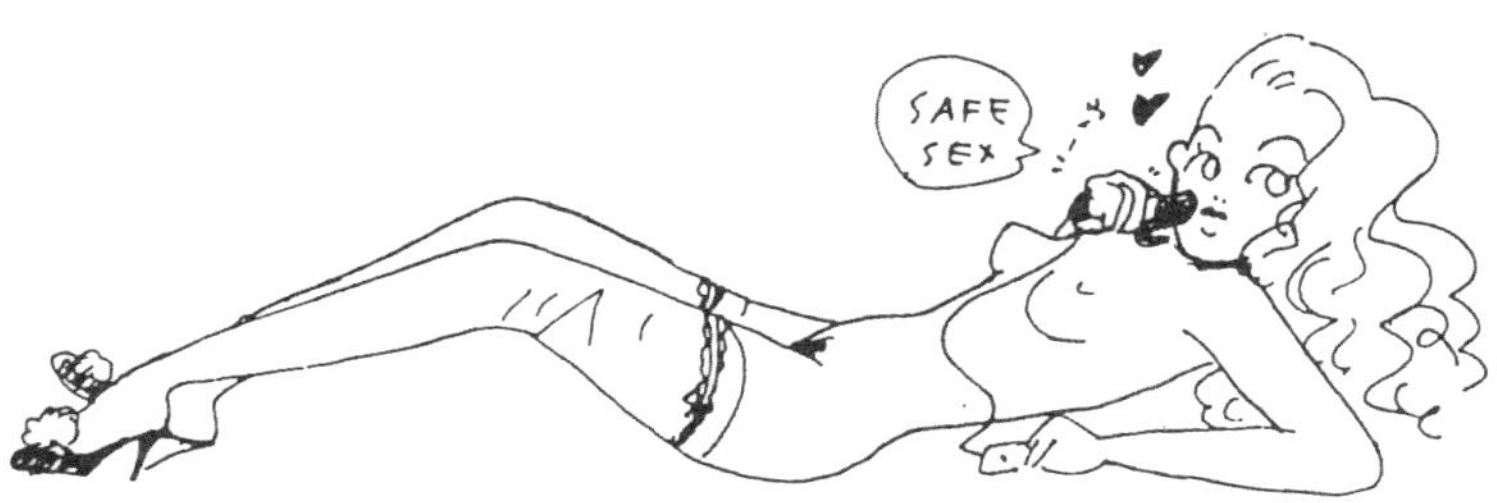

④スキャンダル

岡崎京子 → 植島啓司

植島さん、また今度はネパールに行かれるそうで、いいなぁ。私なんか一泊二日の母と妹との伊豆旅行も危ないのになぁ。ところで今回のテーマは「スキャンダル」ですよ。

スキャンダルとゆうと私はケネス・アンガーの『ハリウッド・バビロンⅠ・Ⅱ』を思いうかべます。このハリウッド・スターの脂粉と香水と精液とゲロと死臭のにおいに満ちたスキャンダル集は、読む者をへきえきさせつつもその地獄に引きずりこむ恐しい魅力をもっています。

「やはり野に置け蓮華草」という言葉もありますが、この悪書は、「やはり反吐のそばに置け百合の花」とゆう感じですね。相反するものの一致とゆうか、きれいはきたない、きたないはきれいとゆうか。私はこのⅡの方に載っている「ブラック・ダリヤの見た悪夢」とゆうのがお気に入りです。これは〝銀幕でスターになろう〟と田舎から出てきたネエちゃんが売春婦になり変質者に拷問

1992.10.1

のあげく殺されてバラバラにされちゃった、という割合ありがちなエピソードなのですが、その殺害後の犯人のとったであろう「処置」と添えられている写真が素晴しい。殺されたダリヤ嬢の口が一文字に「オバQ」のように切りさかれていて、ラブリィ。

スキャンダルってグラマーの方が面白いですよね。この世で一番グラマラスなスキャンダルって何でしょう？　ダイアナ妃がどーしたこーしたという話も私は嫌いじゃありませんが、一般の人ならどうってことないハメはずしが高貴な方がすると顔をしかめられるという「立場」の問題なんで、あんまグラマラスじゃあありませんね。やはり、「シャロン・テート」あたりの「でかさ」と「価値の転倒」がないと。世界をゆるがすような、ヘルター・スケルター。

ところで、ハリウッドと遠く離れた日本のスキャンダルって、何か貧乏くさいですね。ジェームス三木夫妻のドロ沼も、原因が三木氏が関係した一七〇人あまりの女性関係と聞くと、M・ジョンソンの二万人にくらべりゃ可愛いもんじゃんとか思ってしまいます。やはり、「数量」というのもスキャンダルの重要なパーツですね。愛する人が一人だけじゃなく複数以上だと皆さんにとやかく言われがちです。それどころか、男と女（または男と男・女と女）が一緒にいるだけでも言われてしまいますね。

ところでスキャンダルという言葉の使われ方って、アバンギャルドという言葉のソレに似ていませんか？（今、思いついただけなんだけど）ある種の方向の踏みはずしと偏向をもって何かすると「アバンギャルドぽーい」とか言われちゃうあたりが。あくまで「ぽい」だけのことが多いんだけど。

と、ゆう感じでバトン・タッチします。ところでネパールのように高度の高い所は酸素が薄くて脳がトリップしてハイになるという話は本当ですか？　教えて下さい。

植島啓司 ↓ 岡崎京子

岡崎さん、ごきげんよう。こちらはネパールのカトマンズからです。

最近のスキャンダルといえば、誰もがまず頭に思いうかべるのは、ウッディ・アレンと養女スンイ・ファロー・プレビンとの「近親相姦」の話題でしょうか。いや、ウッディとスンイとの間には、別に血のつながりも何もないわけだから、正確には近親相姦とは言えない。しかし、一般的な道徳感情とか倫理観からすると、どうもやっぱり異常で「非人間的」な事件ということになるんでしょうね。

ぼくは、まあ、一二、三歳の女の子を誘惑したわけでもないし、養女にとったミア・ファローとスンイの関係と、ウッディとスンイの関係とでは、多少違ったものがあるんじゃないかと思うので、「まあ、しかたがないか」という感じなんですが、どうなんでしょう。

それにしても、ミア・ファローも、自分のことはタナにあげて、ちょっとみっともないんじゃないのというのが、ぼくの正直な感想。因果はめぐるというのか、さんざん「非人間的」(彼女の言う意味で)なことをしておいて、年をとってから分別臭くなる人間てキライなんだよね。

この世の中ちょっとはおかしなことがあってもいいんじゃないかな。いや、ものすごくおかしなことがあってもいいような気がする。J・ボードリヤールも「現存するシステムが繁栄するのは、合理的なシステムからすれば悪徳そのものによってである」と、どこかで書いていたけれど、まったくそのとおり。夫がいるのに、そして、その夫を愛しているのに、他の男を好きになっちゃう女の方が、全然魅力的だよね。ひとりの人間しか愛さない女なんてツマンナイ。別にどうでもいいことだけれどもね。

さて、スキャンダルというのは、なんとも甘美な響きがあって、大好きな言葉なんだけれど、やっぱりセックスとお金と死だよね、基本的な構成要素は。

しかも、役割転倒（ロール・リバーサル）というキイ・ワードもあって、通常尊敬されたり、注目されたりしている人間が、その逆の役割を演じること。とんでもなくパーなことをすること。恥ずかしい目にあうこと。トップが一転してボトムになること。岡崎さんも言うとおり、きれいはきたない、きたないはきれいということ。そうしたことが白日のもとに曝《さら》されること。

かつてはお祭りとかある特定の機会に、どこの社会でも役割転倒の儀礼が演じられており（たとえば、男が女の恰好をしたりすること）、それによって権力側は危険な状況を回避するようになっていたんだけれど、そうした機会が失われるとともに、スキャンダルがその位置を占めるようになったのでしょう。英国の王室スキャンダルなどは、その典型だよね。最近では新宗教がらみもすごいけれど。

だから、『フォーカス』や『フライデー』が売れるというのも、わりと健全なことだと思うんだけど、スキャンダルの意味を取り違えて弱い者いじめをするから嫌われるんだよね。もっときちんと自分のスタンスを考えてやらないとね。かつての『朝日ジャーナル』や『噂の真相』みたいに、ということだけれども。

ということで、佐川スキャンダルにもちょっとふれるけれど、ぼくは金丸は小心者で二流の政治家（いわゆる寝技専門の）だと思っていたのに、今度はまったくお見事でした。最高の大物が最初に「お金をもらった」と言って、おとがめなしとなれば、今後の展開はもう見えたようなもの。みんな安心しているだろうね。そこがリクルートとは大違い。きれいはきたない、きたないはきれいだよね。たくさんお金をもらう政治家ほど有能だということ。そうした考え方がぼくらの心の底にある限り、永遠に汚職事件はなくならないだろうね。

さて、ぼくはいまカトマンドゥのホテルの陽光がさんさんと降り注ぐ中庭でこれを書いています。ネパールのようなところでは、自然に脳がトリップしてハイになると言うけれど、それは多分本当でしょう。高度が千メートルを超えると、気分が全然違ってくるし、だいたい聖地というのがそういう場所にあるというのも、単なる偶然ではないでしょう。なにもしないでも、ただいるだけで気持ちがいいところ、それが「聖地」の必須条件なんだろうね。なんとか十月までには戻るつもりだけれども、そしたら東京で遊ぼうね、岡崎さん。

岡崎京子 → 植島啓司

今日、私はひさしぶりに衝動買いしたのでポワンとしています。まるでアバ

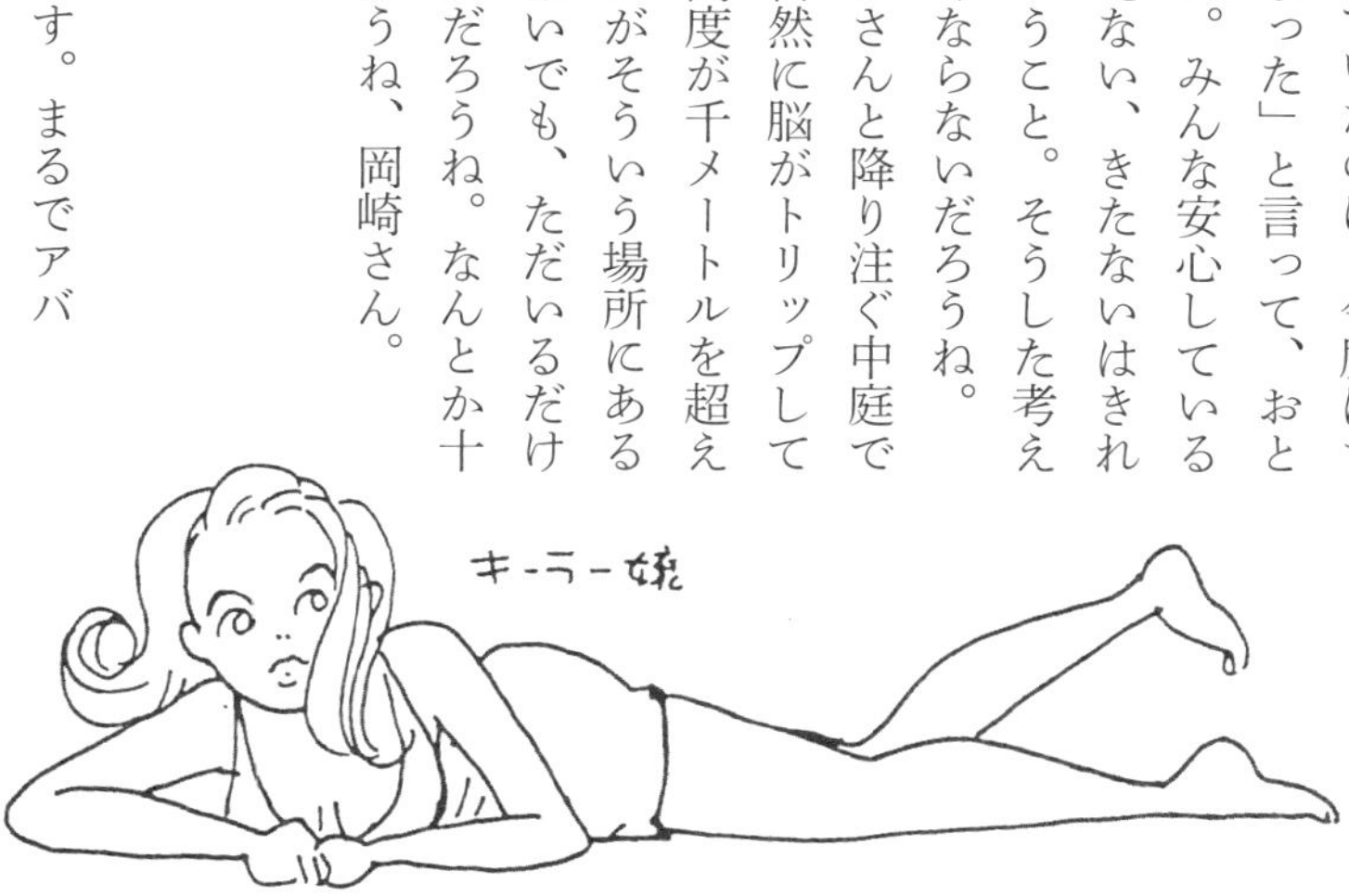

ンチュールの後のようです。オブスキュア・デザイア・オヴ・ブルジョワジーのパンツも見えそなスリット入りロング・タイト・スカート。後は赤毛のかつらを買えば今年の秋冬はバッチリだわ。うっとり……（↑バカ）。

ところでウッディ・アレンと養女スンイのお話ですが、何だかアメリカではすごい大ゴトになっているみたいですね（アレンの実家と言える映画会社オライオン・ピクチャーズもつぶれちゃうし。受難続きで可哀そう）。『ハンナとその姉妹』という彼の映画は長女（ミア・ファロー）の元夫（アレン）が三女と付き合い、長女の現夫は次女とデキてしまうという「家族内恋愛」のお話でしたが、今ふり返るとカンガイ深いですね。

でも、このスキャンダル、別にミアとウッディは法律的にも結婚していない訳だし、なんでこんなにヒステリックに袋だたきにされなくちゃいけないのでしょう？　まあ、今アメリカではのっぴきならない確率で現実に家庭内レイプが起こっているから、その陰画とゆうかスケープ・ゴートとして彼らの恋愛が取り沙汰されているのかも知れないけれど。

しかし、やっぱ、いかにもアメリカぽい単純さから成り立っているなぁ、と私は思いました。あるトーンで調律され大量生産／消費されうるイメージのみだれ、みたいのをアメリカ人って嫌うみたい。そしてアメリカン・マス・イメージを戦後教えこまれた私達もその影響ってあるんだろうな（この前、知り合いの女の子がR・ベッソンの『グレート・ブルー』観て、主人公の男の生き様がなってないって怒ってて、映画は必ずしも「こうあるべき姿」を映し出すためのもんじゃないけど、アメリカ映画を「映画」として大量に観ちゃう状況にあると仕方無いかな、とも思いました）。

でも、なんで近親相姦てタブーなんでしょう？　生物学的に血が濃くなりすぎると遺伝子がどうの奇形がうんたらでイケナイ、というのも実はそんなことはないと聞いたこともありますし。どんな神話も初めは近親相姦からアメッチ産まるる、ですし。その恐れってどこからやって来るのかしら？　私は「愛があればなんでもいいじゃん」と簡単に単純に乱暴にあっさりあまり何も考えずこれまで生きてきたので、ある種のスキャンダルに対してなんで皆様こんなにさわぐのか分かんないというのもあります。B・シールズが秋田犬と夫婦の盃をかわしたとか（例えば）、カーペンター兄妹がデンマークで結婚したとか（例えば）、ジャイアント馬場がネグリジェ姿で加山雄三をベッドでまっていたとか（例えば）、そういうのを聞くと「いい話じゃん」とか「新しい愛の形だわ」とか思って、それでおしまい。どうでもいいか。

スキャンダルって植島さんもおっしゃるとおりに一種のハレというかお祭りというか、退屈な日常からほんの少し浮き足立たさせて、そしてキレイさっぱり忘れて次の新しい日常に向かうための安全装置なのかも知れませんね。しかも自分の責任は一切負わなくていいし。セックスも死もお金も他人ごとなら気楽。均一なつるつるの出来事。嫉妬と羨望。裏返された正義感。人のウワサも七十五日。でもウワサするよりウワサされたい。

ひどくてデタラメで極端でメチャクチャであるがゆえに転倒したある種の「何か」が立ちあらわれてくること。そういうことは週刊誌や三時のワイドショーの中にあるんではすでになく、きっと別の場所に。

ところで植島さん、高杉弾さんとよく話されるという「脳内リゾート計画」。今度くわしく教えて下さいね。

1992.10.1

⑤ヌード

植島啓司 → 岡崎京子

岡崎さん、すっかり秋も深まってというか、あっというまに冬になりそうな今日この頃ですが、いかがお過ごしですか。今回のテーマは「ヌード」ということだけど、むしろお互いに得意わざ（？）だと思われているから、かえってやりにくいよね。

それにしても、つい最近まったく対照的な二つのヌードが話題になったでしょ。マドンナの過激ヌードと、アンアン（『ａｎ・ａｎ』）読者ヌード。もう見た？　先日うちの女子学生たちと飲んでいたら、たまたまその話題になったのだけれど、結論から言うと、全員「マドンナ絶対支持、読者ヌード不支持」という点で一致しました。ふーん、そうかな、といった感じで聞いていたんだけれど、読者ヌードに対しては、みんななんだか知らないけれどすごく反発している。「結局、ライバル意識なの？」と言ったら、「そうじゃなくて、きれいじゃないから」とか言うのね。まあ、そこまで反発させたりするのも成功のうち。

アンアンはやっぱりさすがだね。

それからマドンナだけれど、これはぼくも含めて全員無条件支持。ほとんど倒錯とか変態と言ってもいいようなヌードだけれども、やっぱりポリシーがはっきりしているせいか、女の子にも嫌われない。マリリン・モンローは男にとってのセクシードールといった役割だったけれど、マドンナは男を翻弄する強い意思をもった女。彼女が縛られたり、ギャグをつけられたり、ヘアーもなにもかも剝き出しにされても、あくまでもマドンナは誰にも従属しない。それがいいんだな。

寺山修司の『奴婢訓』ではないけれど、どちらが主人かわからない。どちらが命令しているのかわからない。どちらが欲望を惹き起こし、どちらがそれに身を委ねるのか、その場に至るまでわからない。それが達人というものだよね。マドンナは言う、「とにかく極端にしたくって。最初わたしはベッドに鎖でつながれて、と思ったら、今度は階段のてっぺんにいて、下僕の男たちをはべらせている、そんなふうにね」と。なんて時代を先取りしているんだろうね。ただ単にファッショナブルにSMやってるわけじゃない。全力投球といった感じがする。

きっと彼女がフルスピードで走り続けて、妥協がないというのも、同性に好

1992.11.1

かれる原因のひとつでしょう。もっと楽なやり方はいくらでもある。同じことを繰り返してファンを満足させるという手もあるし、むしろ、そのほうがいいかもしれない。あくまでも長くスターの座にとどまるためにはね。でも、マドンナはそれをしない。マラソンを100メートル競走のスピードで走り抜けようとする。う〜ん、潔いなあ。

八〇年代に入ってから特に目立つんだけれども、ヌードが単なる視線の虜《とりこ》ではなくなって、こちらを正視するように変わってきた。彼らのほうが、向こう側からこちらを見つめている。見られているのは果たしてどちらなのか。美術史家の伊藤俊治氏はどこかで次のように書いています。「裸の肉体がヌードとなるためにはまずオブジェとして見られなければならない。裸はそれ自身を明らかにし、ヌードは展示される。展示されるとは自分の肌や体毛や髪が偽りに変わることであり、つまり、ヌードとは服装の一種なのだ」。つまり、見られることとの恍惚は、衣服をつけていようといまいと変わりはない。見られることによって、人は相手を支配することだってできるのです。これまでとは一八〇度の転換と言ってもいいかな。

これまでは見る人のためにヌードはあった。写真を撮られるということは、相手の思うままになるということを意味していた。しかし、今は事情が違う。

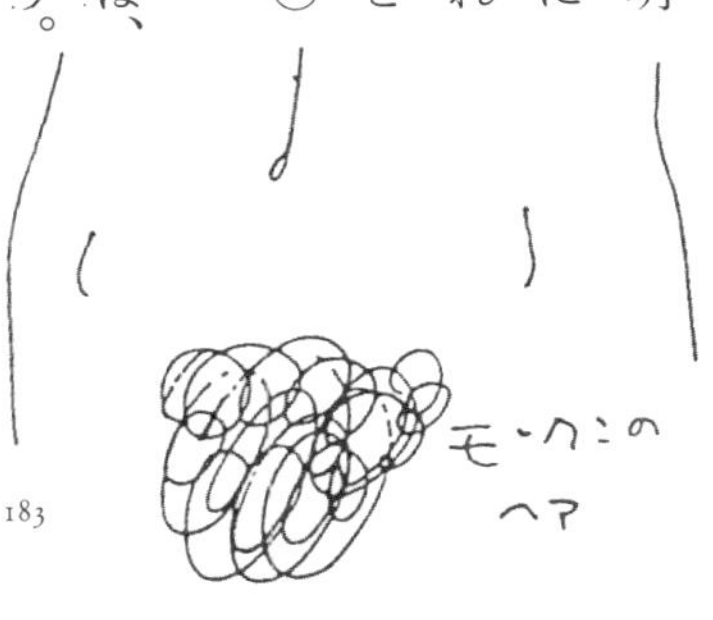

見られる人間が主人であって、われわれは見させられているのです。おそらくアンアンの読者ヌードに女子学生たちが反発したのは、そのあたりのことが潜在的な背景になっているのではないでしょうか。

ともかく写真が発明されてから一五〇年になるということだけれど、「最初のヌードは発明後一年経たないうちに試みられた」（G・レヴィンスキー）というのだから、誰でも考えていることは一緒だよね。そう言えば、最初にポラロイドを買ったときに、その話（ポラロイドを買った）をしただけで、女の子から「いやらしい」と言われました。これは本当のところ、どっちのほうがいやらしいのかね。あーあ、徹夜で飲みすぎたなあ。岡崎さん、ＦＡＸ遅くなってごめんね。

岡崎京子 → 植島啓司

見ましたよ、植島さん。マドンナ過激ヌードとアンアン読者ヌード（読者といえばこの『広告批評』を読んでいらっしゃる皆さん、皆さんの知らない所でこの連載の進行はいつも超ギリギリでやっているんですよ。私も遅いけど、植島さんも、遅い。担当の笠原さんの脂汗と冷汗がにじんでるページなんですよ、ここは。いつ

1992.11.1

もスミマセン）。

マドンナ、という人はボインボインではあるけれど実は「マッチョ」な体つきをしている人なんですよね。首から肩にかけての線とかウエストのくびれるべき線が、太いの。勿論、太っているのぢゃあなくてね。

脂肪と皮膚が支配するなめらかな女性の体と、骨と筋力が支配するごつごつした男性の体の不思議な融合。リサ・ライオンやグレイス・ジョーンズが目ざした硬質な強い脂肪のひとかけらも無いよなメタルのような肉体ではなくて。（鉄以後の新素材で目ぼしいものってなんでしたっけ？）

マイケル・ジャクソンが例えば男性／女性を分けるイメージを自分の体の中でギリギリまで無化しているとしたら（あの人って裸にしたらおちんちんもとっていそう）、マドンナは逆にどちらの性の性的な要素も過剰に取り込み飲み込み肉体化してゆく。

アンドロギュヌスと言っても、つるつるぺかぺかふわふわの無性の性と、脂肪と筋肉／ペニスとヴァギナの両方もち合わせたずっしり重い両性の性があるんじゃないでしょうか？

女の子がマドンナをみんな好きなのは彼女が自分自身の肉体の王であり女王であるところだと思います。なんだかんだ言って自分の体ってもてあましてる

からなぁ。どうあつかっていいか分かんなくて。

さて、アンアン読者ヌードですが、あれで面白かったのは、裸になった彼女達が「誰」を見つめているかとゆうことではないでしょうか？

彼女達が「誰」を見つめているか？　それは（きっと、多分）読者である私達ではなく（きっと、多分）写されている彼女ら、彼女自身を見つめているのでは？　ということです。まるで鏡を見つめているように。

アンアンのあの記事を見て多くの人が「それほどじゃなかった」「ムッとした」と言っているのは、きっと読者である私達が「おみそ」にされてしまっているからだと思います。仲間はずれは哀しいですからね。

彼女達の視線は殿方に奉仕するためでなく、オブジェとしてモノになるためでなく、女優やモデルや有名になるためでなく、ただただ自分のために私のためにアタシのために宙づりに乱反射していました。こちらを見つめていても決してこちらに届かない視線。

なんだか、カンガイ深いものがあります。

ところで、アンアンだと皆様世間はさわぐけど、先日『ポップティーン』を読んでいたら、「ティーンズ・ヌード大会」みたいのがあって、「やっぱキレイなうちに撮っときたいじゃーん」的なノリの写真がけっこう載ってて、こっち

1992.11.1

は単なる若気の至りっぽさ100パーセントのチャームさ。宮沢りえちゃんのサンタフェ・ヌードがけっこうティーンズのハートに火を点けたみたいで、つまりそれは「服は脱いでも私達は決して裸ではナイ」ということが前提として了解されているということでしょう。視線という名の衣装が何よりの衣装であること。

そうそう、『SMスナイパー』で今連載中の、ナンパ（したであろう）素人の女の子（多分）を連写で一夜物語風にお茶のんだり街歩いたりホテルつれこんだり縛ったりバイブつっこんだりの風情を見せてくれるページがあるんだけど、これが修学旅行や遠足のスナップ写真集みたいでほがらかでなごんで可愛い。なにか、カメラマンと女の子の親密さや楽しさがにじみ出てるんだな。ぜひ見て下さいね。

P・S　私はポラで自分のヌード撮ったことありますよ。へんな感じだったなぁ。

植島啓司 → 岡崎京子

このところ毎月二〇本以上の原稿を書き、講演、シンポジウムに参加し、そ

の合間をぬって単行本を作り、さらに、大学では講義、そして、カリキュラム関連の膨大な仕事。さらに、さまざまな問い合わせ。そんな状態で、毎晩遅くまで飲んでいるんだから、身体がおかしいと言ったって、誰も同情してくれないよね。いつまで続くんだろう、こんな生活。岡崎さん、漫画家はもっと悲惨だっていうけど、ホント?

毎月原稿を一本だけ書いて(一〇枚くらい)百万円なんていうのが、好きなんだけどなあ。なかなかそうはならないなあ。仕事を依頼される喜びというのもあるしなあ。

さて、愚痴を言ってるうちに原稿が終わればいいなんて思っていたんだけれど、それもみっともないので、ヌードの続き。

最近はグチャグチャになっているけれど、ヌードといった場合、かつては明確な基準があったと思うのね。たとえば、もう古典的になっているケネス・クラークの『ザ・ヌード』。だいたい「ネイキッド」(衣服を剥ぎ取られて、萎縮した、無防備の肉体)と「ヌード」(調和が取れた美しい自信に満ちた肉体)の明確な区別は、彼によるものだしね。

ヌードを撮るというのは、単なる裸を撮るというのとは違い、ひとつの理想の実現だった、と彼は言う。だけど、その「理想」というのが、多様化し、分散化した現在では、もうなんでもよくなっちゃった。それが当人の「理想」だと言えば、誰も文句が言えない。もはや普通じゃいやなんだよね、みんな。

そんなわけで、男性ヌードがはやったり、SM、フェティッシュ系、スナップ・ショット、さらには、エアブラシとかさまざまなテクニックの駆使など、百花繚乱といったところ。だけど、不思議なのは誰もヌードそのものには飽きないってこと。よく毎月毎月同じような裸が量産され、消費されるもんだよね。感心、感心。

さて、最後に、ポラロイドに戻りたいのだけど、自分のヌードを撮りたくない人なんてこの世にはいないよね、きっと。「きれいなうちに」というのもあるけれど、ともかくモノとしての自分を確認しておきたいというのもあるわけだし。

だけど、よく女の子に聞くんだけど、ポラでヌード撮られて、それが男の手にあるということに不安を持たないかって。そういう写真をエサにゆすられるなんて、ポルノなんかにありそうなことだしね。ところが、ぼくの女ともだちが異常なのかもしれないけど、みんな「男の人が思うほどイヤじゃないわね」って。どうなんだろうね、ホントのところは。ああ、岡崎さんの意見が聞きたいのに、もう終わりなんだよね。うーん、残念。

⑥九二年

岡崎京子→植島啓司

植島さん、お元気でしょうか？　今年も早いものでもうおしまいです。この連載ももう六回目で、ひと区切り。今回はなんとなく〈そう、ただなんとなく……〉"九二年のマトメ"とゆうことがテーマですの。それにしても植島さん、私達、実は三回ぐらいしかお逢いしたことないんですわね。何か、変だわ。毎月、こんな風な文章のやりとりをしているとそう思えなくてよ。現実に実際お逢いしている人よりも、こうしてメディアの中でお逢いするチャームな方のほうが近しい気がするのは不思議なことですわね。

さて、九二年ですわ。

私個人としては昭和が終わり平成の世になってから、それぞれの細胞の細胞膜がトロけてなにもかもなしくずしに一つの生物になってしまったような印象をずーっと持ってますの。最後の昭和と最初の平成が八九年、ですからほぼ平成という年号は九〇年代と同義というか、そういう感じですの。そしてそれか

1992.12.1

らは一年、一年の区切りとか総決算の時間と時代の感覚がぼやけてしまっていて……。なんだか、モーローとしているんですわ。ですから〝九二年〟と自分で言っといてなんですけど、実感がないんですの。こんな私、変かしら……。

そういえば、今年の前半にボンデージぽいファッションが流行りましたわね。私、ああいうはしたない洋装は好みつつしないのですけれど、あれは面白うございました。ファッションモードというものは肌に「まとう」ものですけれど、ああいうレザーやエナメル（そしてゴム）のものというのは肌と一体化するものですわね。ああいうものは着た時の体感が変わって良ろしゅうございます。アライアという巴里のデザイナーの方の服も素材はそういうものではありませんが、着た時の感覚がちがうんですの。皮膚で着るというか皮膚を着るというか……。

話は少し飛びますが、私、月曜～金曜の朝六時一〇分からやってますフジTVの幼児番組「ウゴウゴルーガ」に夢中なんですの。徹夜をした日は我慢して絶対見てますの。たまには無理して早起きして見てしまいます。

私は今、「ウゴウゴルーガ」の虜。ぶっとばすスピード感がたまらないんです。音楽でゆえばBPM値が高いということかしら。私、あまり

ウゴウゴルーガの月ようキャラの
トマトちゃん

（というかほとんど）ＴＶゲームとかしないのですけど、夢中になる方の気持ちがチョッピリ、この番組を見ると分かるんですの。

ＣＧとかのことについてあまりに疎いので口に出すのもおこがましいんですけど、そこに立ち表れる重力の無さ、非物質感にクラクラ来る「ひみつ」が隠されているような気がするのです。私、漫画とかを生業にしていて「物語」とか「お話」とかそういう面倒臭いものとお付き合いしてますでしょ？　重さの無いもの（軽いとかじゃなくて）――無重力なもの、物質のようで物質でないものとかすごくチャームですの。音でゆえば立花ハジメさんの「ＢＡＭＢＩ」とか（これは九一年のものですけど）。

そうそう、今年は株の暴落と共に「女のコ」の株も下がりましたね。『ポパイ』の今度の特集は「もう女のコなんていらない！」ですって。失礼しちゃうわ。でも、どうなのかしら？　二〇年前と現在では精液に含まれる精子の量が激減しているというデータも出たそうですし、ＨＩＶ感染に対する報道も玉石混交で色々出始めましたし。性の世界もこれから色々と変わってゆくのかしら？　例えば、Deee-Lite のキーア嬢の「ワタシのファッションはイースト・ヴィレッジのドラッグ・クィーン（女装者）からインスパイアされているノ。女性的でありつつパワフルであることを彼らから学んだのヨ」という発言は今年に耳にした最も麗しい言葉の一つですわ。

今年は植島さんにとってどんなお年だったでしょう？　お伺いするのを楽しみにしております。では、また。

植島啓司 ↓ 岡崎京子

なんだか一挙に寒くなりましたね。流行に弱いぼくは、もう二度もひどい風邪にかかってしまいました。いやな季節ですね。岡崎さんは大丈夫？　編集の笠原さんも風邪声だったけれど、大丈夫かな。いや、あれはあまりにぼくらの原稿が遅くて消耗している声だったりして。ギクッ。笠原さん愛してるからね。

さて、さて、本題ですが、このところ〈九二年のマトメ〉をいろいろなところから聞かれますが、うーむ、本当のこと言うと、全然思い浮かばないのね、今年は。海外にいることが多かったせいもあるけれど、それはいつものことだしね。いったいなぜなんだろう。

理由はよくわからないけれど、ともかく、去年がいろいろいっぱいありすぎた、ということもあるよね。ソ連は解体するわ、ベルリンの壁はあっという間になくなっちゃうわ、そこら中で戦争が始まっちゃうわ、ってね。エポックメイキングな一年でした。今年はその直後だもんね。ちょっとやそっとのことでは誰も驚かなくなっている。みんな修復に大忙しっていう感じかな。

一九八〇年頃から始まった急激な「ファンダメンタリズム」の波も、ようやくピークを過ぎて、おだやかなナギ状態に入り始めたしね。いくらなんだってもうこれ以上保守的な時代はつくろうと思ったってできやしない。ツマンナイ一〇年間が、まあやっと終わろうとしているんだけど、この先の一〇年間がおもしろいという保証もない。どうでもいいけど、九二年という年は時間がプツって止まったような感じなのね。

貴花田と宮沢りえの婚約（後に破棄）にしたって、なんだか一九五〇年代のようにオールドファッションだし。衝撃の大きさでは一番でも、全然新味がない。もっと時代をリードするようなことってないもんかね。宇宙ステーション「フリーダム」が完成するとかね。

まあ、そんななかでも印象的なのは、なんといっても新宗教ブームかな。ぼくの専門でもあるしね。オウム真理教、幸福の科学、愛の家族、統一教会と続いたし、よく売れている『週刊文春』の目次の三分の一が宗教だったこともあるぐらい。小川知子、桜田淳子など、芸能人が絡んでてんやわんやだったしね。

だいたい芸能人というのは、もともと宗教と密接に結びつきやすい存在で、あっと驚くようなタレントがみんなどこかに入信している。スポーツ選手もそうだけれど「人並み外れ」ちゃうと、みんなピタッと宗教にはまってしまう。「人並み」の人間が一番宗教と縁がないんだよね。別にいい悪いという問題じゃないけれども。

普通でいう宗教ブームというのは、世界的にはだいたい一九七四年頃をピークに下降線と言ってもいいんだけど、日本だけがちょっと例外なのね。どうしてかな？

多分、見習うべきモデルを見失ってしまったから、というのもあるだろうね。アメリカもダメ、ロシアもダメ、ヨーロッパもダメ、といった状況のなかで、どうしていいのかわからないのね。みんなと一緒に走っているつもりが、ふと気がついたら周囲に誰もいない。自分が先頭ランナーなのか、ビリなのか、または、道を間違えてコースを外れてしまったのか、皆目わからない。そんな不安が根底にあるんじゃないのかな。

だから、なんとなくバタバタしている。一九六〇年代後半からの宗教ブームには、時代をリードするような気迫があったけれど、今はそれが全然感じられない。なにも新しいものがない。どうも

強い関心が持てそうにないのね。いや、そう言っちゃうとオシマイなんだけれども、なんとか古臭い規範を探しだして安心したいという気持ちがミエミエなんだよね。岡崎さんは、宗教のこと、どう思いますか？

さて、そういうわけで、クソおもしろくもない一年というのが、ぼくの〈九二年のマトメ〉ということになるんだけれど、そういう時代状況って微妙にプライベートな領域にまで浸透するもんで、ぼくの九二年もただ単に忙しかっただけで、わりと消耗な一年だったということになるのかな。四十代後半に入って異常にギャンブルが強くなったりする人間って、いまのところ現れていないので、一応それを目指したわけなんだけど、みごとに連戦連敗なのね。スポーツ新聞での競馬予想も、みんなぼくの予想と反対を買っているっていうし、なんとかなんないもんかなあ。

いや、もう過去を払い捨てて、来年こそギャンブルの強い人間として再生できますように、と祈っちゃおう。幸いにも「ゆく年くる年」のゲストで三輪山に登ることになりそうだし、そこで全身全霊をこめてお祈りしてこよう。うーむ、神さまに祈るようになったらオシマイだという声もどこからか聞こえてはくるけれど、そんなの知ったことか！

なんだかぐちゃぐちゃだけど、岡崎さんにバトンタッチ！

1992.12.1

岡崎京子 → 植島啓司

私、風邪こそひいていませんが数年ぶりに胃をこわしてしまい愛する二大刺激物・コーヒーとお酒を断っております。煙草は、やめられませんわ。お陰で体重が落ちて今では指輪も回るほど、なの。

植島さんが九二年の日本は新宗教の年だったと、おっしゃるのには膝をポンと打ちましたわ。そうそう、今年はそんな年だったですわねえ。チャッカリ忘れていたわ。

私も大多数の日本人にもれず「宗教」というものに全く自覚的なところが無くなんとなく他人ごと、起こることはカヤの外、という感じで二十数年間生きてまいりましたわ。それだけ凡庸な人生を生きてまいったという事でしょうか。いえいえ「貨幣」という物は信じてきましたわ。別に銭ゲバというのでは無く。だって、アレって巨大な虚構でしょう？　ただの紙ぺらだったり金属のおはじきみたいな物が何かと交換性があるなんて、地球ぐるみのフィクションという気がしますわ。

そういえば今年は身近な人間関係の中で、いわゆる「自己開発セミナー」に

行きたい、興味を引かれる、という人がけっこういまして「やべ――」と思ったものですわ。

いわゆる新宗教と呼ばれるものには導師とか教祖が存在するわけですけれど、「自己開発セミナー」には基本的にそういう父的なものはいっさい排除されています。いわばマニュアルだけがあって、そこで自己を発見し開発してゆく。

なんだかとっても恐しいことだと思いますわ。神様を信じるより「自己」をやみくもに信じること。でも「自己」なんて見つめれば見つめるほど吸いこまれてゆく暗いブラック・ホールのようなモノじゃありませんこと？

そういう意味で神様ぬきで一気に自分と地球が対峙しちゃう「エコロジーブーム」も私はドキドキしながら横目で見てたんですけど、これは少し落ちついて来たようでホッとしていますわ。

まあ九二年は退屈な年ではありましたわね。でも考えてみればずっと私達はタイクツし続けていたんですもの。少々のことではヘコたれませんわ。九三年がお互いに良い年になりますように。そして植島さんに強大なギャンブル運が降りてきますように。

1992.12.1

⑦ 神様

岡崎京子 → 植島啓司

今回のテーマは〝神様〟だそうですけど、私の宗教基盤とゆうものは他の日本のモダン生活者の方々と同じように非常に曖昧なもので、いわば「ノンポリ」と言えるでしょう。

はてさて最近、ダンナの親戚に不幸があり、そこのお葬式でお経を聞いて何かこうグッとこみあげてしまいました。焼場でその方はかさこそと白い骨になっていました。私もいつかああなるでしょう。この感覚はお祖母ちゃんが死んだ時も感じました。私はふと「祖先」という普段出てこない存在を思い出しました。んで、私はその後何をしたかとゆうと墓まいりをしたのではなくレコード屋で（CD屋か今は）「般若心経」のテープを買ってきたんでした。これがまた、いいんだ。観自在菩薩　行深般若波羅蜜多時　照見五蘊皆空　度一切苦厄　舎利子　色不異空　空不異色　色即是空　空即是色……。サトリって一種のバーチャル・リアリティじゃーん、とかね。

宗教とは①愛と許しと罪とバツである②エクスタシー③教育と知識④民族学・人類学⑤戦争⑥オシャレな消費するアイテム、などなどの見方が（私なりの）あります。私がお経を聞いて感動したのは②＋③＋⑥の要因によるものでしょう。

ところで十二月八日の新聞にパキスタンでヒンズー教寺院を破壊するという事件が載っていました。死者は二二〇人以上。これは先にインドで発生したイスラム教モスクを破壊した宗教暴動の反動的波及です。お家でカフェ・オ・レをすすりながら「町田町蔵がお経をとなえるといいだろうなぁ……」とか言ってる大バカ者は「ひゃあ」と驚きつつリアリティのかやの外です。

でも、考えてみれば日本の中にも宗教による戦争は起こっています。それは「オウム対幸福」とかじゃなくて、健全なモダン生活者がマジョリティとして少数の「宗教者」をヨクアツするという形として。桜田さんなんて可哀そうです。あれじゃ一種のサベツといじめです。神様なんて信じてナイやい、という側の方が他の別の何かを狂信してるということはよくあることですね。科学とか技術とか経済とか国家とか民族とか。

ところで昔読んだ諸星大二郎の『暗黒神話』というマンガは面白かったなあ。主人公の少年が聖か濁のどちらかの道を選ばなくちゃいけなくてブラフマンに

「お前は中道をゆけ」と言われるやつ。行きっぱなしじゃなくて行ったり来たりするってやつ。

植島啓司 → 岡崎京子

べつに神様なんかいなくたっていいんじゃないの、というのがぼくの立場だけれど、いてもまた困りはしないよね。興味のない人にはどっちだっていいんだと思う。ただ、ぼくは宗教学者だから、ちょっとニュアンスは違うかな。

ぼくらの周囲にはさまざまなことが次々と起こる。事柄そのものは無色でニュートラルなものなんだけれど、それを見る人間次第でいろいろと意味が違ってくる。たとえば、死、病気、災難、喧嘩、別離などは、すべての人に起ることだけれど、運命と思ったら運命、不幸と思ったら不幸なのね。

かつてはよく老衰とか寿命という言葉が使われたでしょう。ホントいい言葉だよね。今では医者がなんとか死因を捜し出して命名してしまう。すい臓がんとか、心筋こうそくとか、ね。名前をつけた瞬間から、それは病気になる。余計なお世話だと思わない？　八五歳で死んだとしたら、老衰でいいじゃないの。みんなでお祝いだよ。

もし自分に不可解なことが起こったとして、それがひどく苦痛だとする（図A）。たとえば、どうにもならない痛みとか、最愛の動物の死とか。そういう時に、生命体としての自己保存の機能が働き出す。ショックをやわらげる忘却の働きだとかいろいろね。しかし、それだけではどうにもうまくいかない。その偶然がなぜ自分にだけ起こったか説明がつかないからね。

そんな時に、その非合理的な出来事がある種の因果性に基づいていると分かれば、ぼくらは納得できる。つまり、別の因果性の体系が存在しているということ（図B）。どうしようもない苦痛が、「ああ、ちょっと胃が荒れてますね。しばらく気をつけてください」と言われただけで、すっと楽になる。それと同じこと。

この別の体系が存在するということを認めた時から、もう既に宗教に片足を突っ込んでいることになるのね。ぼくらを支配する因果性の体系とは別の体系が存在する、ということを一万年以上かけて説明しようとしてきたのが宗教なんだから。宇宙飛行士が地球から離れた途端に神様を信じるようになるのは、だから、当然と言えば当然すぎること。ナニナニ教は必要なくとも、やっぱり神様はいてもらったほうがいいんじゃないかなあ。

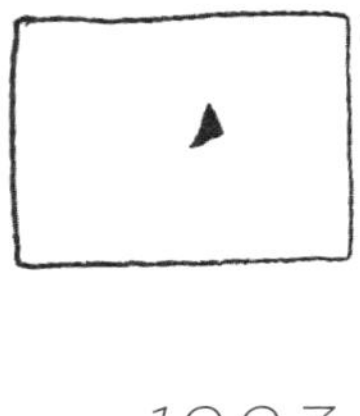
図A

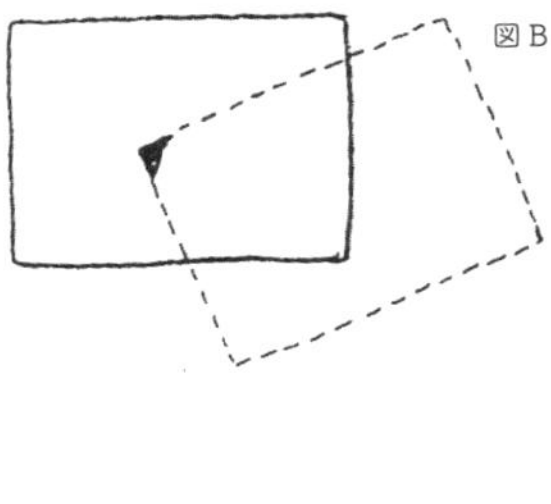
図B

1993.1.1

⑧ 結婚

岡崎京子 → 植島啓司

今日のテーマは「結婚」だそうです。我が国は二つの二大高貴カップルの御婚約であわや「結婚」ブームになりかねませんでしたが、りえ・貴花田組の〝破局〟によって「現実はやっぱキビシイ」「結婚はやっぱ難しい」という正しい方向にブレーキがかかりそうですね。結婚はシンデレラのハッピィ・エンドの物語のような部分だけじゃなく「婚姻」という家・血縁・地縁との契約もふくんでいますからね。でも、りえちゃんにはがんばって立ち直って欲しいな、まったく。

しかし、結婚というものをしている当事者として（三年目）言えることは①結婚というものはしないと分からない②したからといって分かるもんでもないしエラクない。むしろ不思議とナゾは深まるばかりだ③大変④でも、いいこともある、です。

恋愛中の狂熱のイケイケゴーゴー状態は、一種のお互いバカ状態です。

お互いがお互いであるだけで全面的に肯定し賛美し見つめ合い愛し合い優しさや思いやりを競争し……。そして破局に至るまで「二人」という円環の中から出てゆくことは出来ないのです。

結婚というのは（私にとって）その円環から出てなお二人で生きてゆくための「愛の学校」のようなものだと思っています。いろいろとお互いむしゃくしゃすることも起こりますし、私のいたらないところで相手に迷惑をかけていたりしていますけれど（人生の授業料はいつも高いということでしょうか?）。それにしても東京で貸家に住み、お互いサラリーマンでない仕事をし子供のいない夫婦というのは奇妙なものだなぁ、と自分でもしばしば思うことがあります。

都市という場所は独身者のための場所でもあります。そこでは家や血縁、地縁といったん切れた孤独な個人としての生活が可能な場所です。食事は家でとらなくても外食やデリバリィでも大丈夫。せんたくもんはコイン・ランドリーやクリーニング屋でも十分やってけるし、そうじは別にゴミでは死なないし、イザとなったらダスキンのハウス・クリーニングだってあります。かつて家庭内の重大重労働であった家事は家電の充実によってどんどん軽減し、また外のオシゴト業者の人がお金を出せば何でもやってくれるようになりました。

私は（実は）白いかっぽう着に買物カゴに青いネギはみ出させてお魚くわえたドラ猫追いかけるみたいなサザエさん家ぽいというか、小津映画に出てくる家族ぽいというか、昭和三十年的家庭生活みたいのが「好み」なのですが、何だか遠くに来てしまったなぁという気がします。でも、ここではセンチになるより、むしろ爽快感を味わうべきなのかも知れません。

何だかとりとめない文章になってしまいましたが（いつもか）、植島さんには狩りを続けるハンターのようにいつまでもいつまでも独身者でいていただきたいと思うのは私の勝手でしょうか？

植島啓司　→　岡崎京子

一九九三（平成五）年一月十二日の『朝日新聞』を読んでいたら、次のような記事にぶつかりました。「学校で露骨な性差別」と題されたそれは、いかに学校で平然と性差別がまかり通っているかという日教組の教研集会での報告を記事にしたもの。報告によると、熊本県のある小学校の校長は「女が男並みというなら、おふろは混浴になるのか」とか「女が自立すると、結婚する必要がなくなり、一夫一婦制が成立しなくなるのではないか」と発言したそう。報告をまとめた女性教諭は「この人は特別としても、意識を変えるには、性教育の実践を積み重ねるしかない」と結んでいる。

最初の発言のほうは別として、一夫一婦制のほうはそんなに「露骨な性差別」になってるの？　ぼくには校長も女性教諭もどちらも問題だね。だいたい一夫一婦制なんて、そんなに大切なものなの？　男が外で仕事をして、女が家事をする、というような古典的な家庭像が崩壊しつつあるというのは、もはや常識。現在のアメリカの家庭では、主婦の90パーセント以上が外で仕事を持っているというしね。女が働いて、男が家事をするなんて聞いても、以前ほど奇妙には聞こえなくなった。男が働いて、男が家事をするなんていうゲイのカップルだって、いまや市民権を持ちつつあるのだから、そんな時になぜ旧来の一夫一婦制にこだわらなければならないの。そっちのほうがむしろ問題だよね。

一九五〇年前後まで一夫一婦制はむしろ世界の少数派。ぼくらが「結婚」という言葉から男女一対一の純愛カップルを想定するようになったのは、比較的最近のことなのね。だけど、「一対一の純愛カップル」というのも、ちょっとねえ。相手のことだけを考え、他の異性に対する接触は厳しく制限され、ちょっとでも発展しそうになると、あれこれ陰口を叩かれる。いつも相手に対して疑心暗鬼で、ちょっとしたことも嫉妬の種になり、心は不安定。そんな制度を金科玉条のように拝する必要が果たしてあるのかね。「女が自立して、一夫一婦制が成立しなくなる」のは、むしろとってもいいことなんじゃないのかな。

ぼくは結婚そのものには反対ではないけれど、もっといい方法がありそうだよね。フリーセックスはたしかに問題あるけれど、ちょっと前に話題になったオープンマリッジはどうだろう。互いにカップルでありながら、外に対しては開かれているという結婚形態がそれ。もしうまくいけば、理想的なんだけれどもね。

⑨ うわさ

岡崎京子 → 植島啓司

今月のテーマは〝うわさ〟だそうで。

この前、新宿の午前四時半、植島さんがタイ美人と手をつないでいたというウワサを友人から聞きましたよ。ウソウソ。

昔、「ウワサになりたい」なんて曲もありましたね。他人の目にうつって欲しい自分のイメージというのがあって、そこらへんをついたタイトルですね。私も「フリッパーズ・ギター解散の原因はオカザキというマンガ家が原因?」というウワサを立てられたいです。逆に言えば、根も葉も無いウワサというのは、人があるものごとに対する集合的な無意識を表わしていて面白いですね。こうあって欲しいとか、こうだったらヤだなとか。東スポの見出しとかはほとんどが「だったら面白いだろうなぁ」というウワサばかりです。「エルビス生きていた?」とか。

ウワサとスキャンダルって似ているけど、スキャンダルはある種の「真実」

とも言えるものだけど、ウワサは情報に対する積極的な誤読です。

そのウワサも、ムラっぽい古典的なイビリとしての「あそこの嫁さんがどーした」的なものから、都市的な過剰な情報から生まれた新種の突然変異的ウィルスみたいなものに進化（?）しているみたいです。
二、三年前に小学生の間にさかんにささやかれていた「のび太君植物人間説」とか「サザエさん一家飛行機事故説」とかはその典型でしょう。井上三太という人がこれらの子供の「うわさのネットワーク」から霊感を受け『ぶんぷくちゃがま大魔王』というマンガを描いて、かなり必読、です。
あと、たまたま本屋でちょっと立ち読みした『まさか！こんな！』（みたいなタイトルだったと思う。いいかげん）という本はアメリカの都市伝説（都市のフォークロア）を集めたもので、
●とびきりの美女（美男）と一晩のアバンチュール。目が覚めた時には枕元に「エイズの国にようこそ♡」という手紙が。
●日焼けマシンの使いすぎ（ジムの行きすぎ）で内臓がローストされてしまった。
●とある留学生（または新婚カップル）が異国の地で行方不明となり、アラブ（またはパリや香港の地下バー）でダルマとなって見せ物にされていた、など

ピアスをあけるとそこから白い糸が出て
それを切ると
失明するというウワサ

など。

実は元をたどれど根っこ無し、火の無い所に煙立つというものばかりらしいですが、どれもこれもイソップ童話のような「教訓」をふくんでいます。

表のメディアで流れている情報とそれを受ける人々とが上手く関係出来ない時に、ある種のノイズとしてウワサという情報が生まれ、共振され、拡大してゆくのではないでしょうか？

もし人間が宇宙に行く時代が来た時に人間はどんなウワサを立てるでしょう？

「宇宙船の中でセックスして産まれる子供はどうも両性具有が多いらしい」とかね（へぼい例……）。

植島啓司 → 岡崎京子

うわさと聞いてすぐ思い出すのは、かの有名な「オルレアンのうわさ」事件かな。一九六九年のある日、フランスのオルレアンにあるユダヤ人経営の高級ブティックの試着室から若い娘が次々と誘拐されたという事件。試着室でクロロフォルムをかがされて、全裸にされ、地下からどこかに連れ去られたという

1993.3.1

のね。まず、オルレアンにある六つのユダヤ人経営のブティックが攻撃の的になり、そのうわさはあっというまにフランス全域に広まっていく。これがまたすごいスピードなんだな。

エドガール・モランの『オルレアンのうわさ』（みすず書房）は、全然根拠のないうわさがどうしてそれほどの力をもったのか、という分析で有名なんだけれど、たしかにこの「婦女誘拐」事件には前史があって、同じうわさが、いろいろな場所で、さまざまなヴァリエーションのもとで、繰り返し語られてきた、という背景がある。

たとえば、オルレアンの事件の直前にも『黒と白』という大衆雑誌に「ある実業家が自動車で若い夫人を連れて町の優雅なブティックに出かけたが、いつまで待っても彼女が出てこないのに業を煮やし警察に赴く。家宅捜索した結果、奥で眠らされていた妻を発見する」という記事が出ているしね。オルレアンのうわさ事件は、その記事が出たわずか一週間後に起きたんだから、全然無関係とは言えないかも知れない。

同じうわさは、一九八五年三月、ラ・ロッシュ＝シュール＝イオンの著名な婦人用プレタポルテの店をも巻き込んでしまう。そのあたりの事情はジャン・ノエル・カプフェレの『うわさ』（法政大学出版局）に

詳しいんだけど、まったく不思議なことだよね。すべて偶発的な事件ではないというんだからね。そういえば、クレイ・レイノルズの『消えた娘』（新潮文庫）も、まったく同じようなシチュエーションを題材にとった心理サスペンスで、まさに感動的。いやいや、なんだか読書案内みたいになってきちゃったね。

ぼくには「オルレアンのうわさ」を研究すれば、うわさの肝心要の本質が明らかになるような気がするんだけれど、岡崎さん、どう思いますか。たまにはゆっくり話がしたいなあ。なぜうわさには定型があるのか、なぜある事柄が「言われたり」「言われなかったり」するのか。小泉今日子がなぜ「エイズ」とされたのか。なぜ松田聖子が「不倫」を好むのか。あーあ、もう紙数も尽きちゃった。残念、残念。

1993.3.1

⑩

名前

植島啓司 → 岡崎京子

誰でも自分の名前には色々と複雑な感情を持っているに違いないですね。自分で選んだわけでもないわけだし。ぼくも自分の名前が世界で一番キライだった。かつてのように元服して新しい名前になる制度があればいいのに、とずっと考えていました。

さて、元服というわけではないけれど、高校に入ったばかりの頃(東京の田園調布高校というおとなしい学校だった)、五〇代の国語担当の女性教師がいたのね。なんでも自分なりに納得して他人を「理解」するタイプで、なんとなくやりにくい感じだった(全然関係ないけれど、現在読売新聞で「コボちゃん」などを連載しているマンガ家植田まさしが同級生で、彼女の似顔絵がとんでもなくうまかったのを覚えています)。

ある日、なんだかものすごくカチンとくることがあって、授業中に彼女と対立するハメに陥ったことがあったんだけど、さり気なくやりすごせばよかったものを、やや反抗的な態度になってしまったので、お互いにどうにも譲れなくなった。

彼女は「ふーん」といった感じで、色々と質問し、ぼくはそれを無視した。周囲の連中もさすがに青くなって「おい、謝れ、謝れ」と小声でささやいた。しかし、もうどうにもならない。

すると、彼女が突然「あなた、自分の名前の意味は?」と聞いてきたのだ。ぼくは一瞬虚をつかれた感じになった。そんなこと誰も教えてくれたことがなかったのだ。

「あなたの名前はなかなか素敵な意味を持っているのよ。『未来を啓《ひら》き、司《つかさ》どる』というのですからね」

ぼくはその日家に帰り、さりげなく自分の名前の意味について親に聞いてみた。すると二人ともキョトンとした顔になって、特に母親は「あら、なんだったっけねえ」と言う。父親がそれを受けて言った言葉。

「ほら、あの床屋の隣のタバコ屋の親父さんがなんだか考えてつけたんじゃなかったっけ」

劇的な展開を予想した自分が馬鹿馬鹿しくなった。名前なんてそんなものかも知れない。

高校の頃はラグビー三昧で、あまり記憶らしい記憶もないんだけど、その国語教師のことは今でも忘れられない。三〇年前のことだけれど、あの時の教室の光景だけは今でも鮮明に思い浮かべることができる、それってすごいことですよね。

というわけで、岡崎さんの場合はどうでしょうか？

岡崎京子　→　植島啓司

私の名前の「京子」ってゆうのは、親に聞いてもその出典（というか出どころ）が曖昧で、今のところ①東京オリンピックの前の年に生まれたから②東京に生まれたから③父親の好きな女優の名前が「京子」だったという三つの説があります。どれもどーでもいいーって感じです。

まぁ、名前に意味があるのも漢字文化（象形文字文化）なのかな？　最近、『ワイルド・スワン』という清代から人民共和国までの激動の中国を生きぬいた祖母／母／娘の話を読んでて、その中で作者であり語り手である主人公が自分で自分の名前を変えるところがあって、中国ではそうゆうのってポピュラーなのかな。戸籍制度がない時代っていうのは、

改姓も改名も簡単だったでしょうね。そもそも姓というものも明治維新からだから（武士以外の人は）、たかだか百数十年ですね、一般的になったのも。何だかへんなの。

私もドンくさい自分の名前がイヤで、「カトリーヌ」とか「シャルロット」とかいう名前だったらいいなぁと夢想していました。トニー谷とかフランク永井とかペギー葉山とか、そういう感じのスチャラカでハイカラな感じっていいなって。

植島さんはペンネームとか考えませんでしたか？　学者の方はペンネーム使わないか。私は実は考えたことがあります。一六歳の時。もう忘れたけど、とてつもなく恥ずかしいものだったことだけ覚えています。「葉隠忍子」とか「夢現梨魔」とか。自己イメージの限りない暴走です。でもないか。あまり、自分で自分のことを考えすぎるのって心の健康に良くない気がします。

親が選んでくれた名前を一生背負うのもナンですが、名前がその人を規定する（名前がその人を選ぶ）こともありうると思います。

私は仕事がら登場人物に名前をつけなくちゃいけなくて、それは頭の痛い作業です。たとえば脳たりんのグラマー女には「寛子」じゃなくて「美樹」とか「ゆうこ」だよなあ、とか、エキセントリックで中性的な少女は「房枝」じゃなくて「サイコ」とか「キリコ」、でももうクサイし「まひる」とゆうのはどうだ、とか。名づけることで規定されることって本当、ある。ゴダールの『カルメンという名の女』とかはそういうコトだと思うし。私も名前の引用を乱発した作品を考えてはいるんですけどね。

そういえば植島さんの『恋愛のディスクール』の登場人物の「パスカル」と「みなみ」という命名は絶妙だと思います。「みなみ」は「みなみ」以外の何者でもなかったですもの。いつか使わせてくださいね。

幸子という名は
「幸福」の幸……
でもまた男に
にげられた

⑪

お金

植島啓司 → 岡崎京子

ねえ、岡崎さんって、全然お金と関係なさそうに見えるよね。いや、お金が寄りつかないという意味じゃなく、根本的にあまり関心がなさそう。女の子には珍しいんじゃないかな。どんなふうに考えているんだろう。いったい何にお金を遣っているの？

ぼくの方は、まあギャンブル好きの人間の常として、これまであまりお金をお金と考えたことがない。それはそれで仕方ないよね。お金はぐるぐる回っているチップのようなもの。だから、いくらあっても何も買えない。ただみんなのまわりを往ったり来たりするだけで、なんとなくふわふわした感じ。実体がない。ギャンブルには「やめなければ、負けたことにならない」という不文律があって（どこに！）、続けてさえいれば、勝ったことにも負けたことにもならない。お金はただの目安にすぎない。それは単に「自分の運の総量」を告げるものでしかない。まあ、ここ二〇年近く、そう考えてきたわけね。

1993.5.1

そんなわけで、時々「ウォークマン一万二千円」なんていう広告を見ると、卒倒しそうになる。なんでそんなに安いんだ、という感じ。ぼくらは五万円、一〇万円あっても、ほんの一五分でなくなったりするのに、もしそれを外に持ち出すとすると、本当にいろいろなものが買えるのね。スーパーなんかだと、すごい。

でも、逆に言うと、ギャンブルには平気でお金を遣うくせに、洋服とか身の回り品については、驚くほどケチなのもたしか。興味もないのね。そんなものに遣うお金があったら、という感じ。だから、自分が金持ちなのか貧乏なのか、全然わからない。きっとわからないまま一生終わるんだろうな。

まあ、そんなわけで、お金については、比較的冷めた態度で接してきたわけだけれど、おかげでぼくの家にはなんにもない。もう二〇回以上引っ越ししているわけで、その都度いろいろなものを捨てて、いまではほとんど本だけ。多分、普通の図書館ぐらいはあるんじゃないかな。なぜか本だけは処分できないのね。いつか本がお金として通用する世の中になったらいいのにね。なるわけないか、ちょっとかさばるしね。

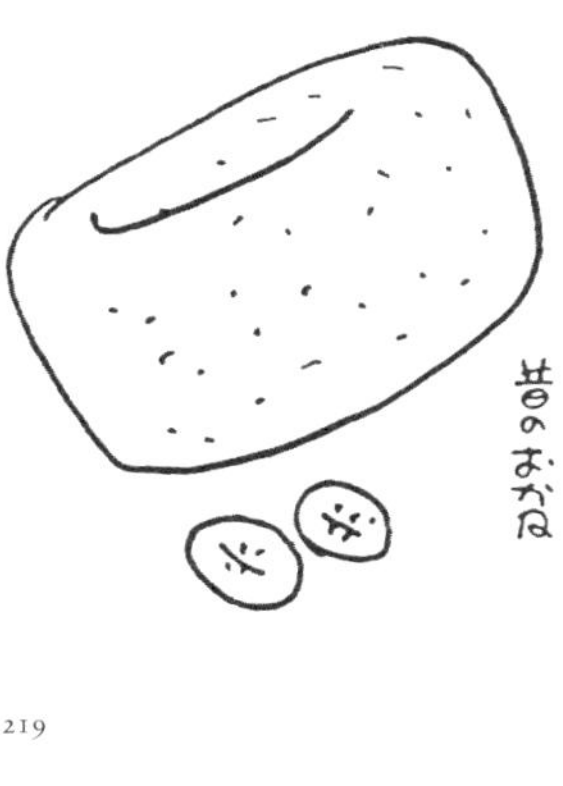

岡崎京子 → 植島啓司

お金って考えてみると不思議なもので、お金の「金《カネ》」は金銀パールの金からきてるようにかつてはそのもの自体の価値の稀少性からきていたんだろうけど、私達の使っている今のお金は紙ぺらだったり銅だったりアルミだったり（一円玉つくるのに一円以上かかるというこのムジュン）で、つまり互換性というか交換性が曖昧つうか一種の虚構だったりするわけで。（「広告」というものも得体が知れないというか、商品と私達の間をとりもつイメージの貨幣というか……少し無理やりかな。やっぱ立派な虚構なわけです）

私の住んでいる下北沢は日本で一番最初に（確か）パチンコの換金に「金《キン》」を使ったところで、フィーバーして出玉五千いくつかが二四金何グラムかになった時はヘンな気分だったなあ。またそれを交換所に行っていくらかに換えるんだけど。

最近はキャッシュカードによってより虚構性が高まっているとゆうか、今のお金って結局数字とか磁気になってしまっているのね。使いこんでも実感ないしなぁ。

私が何にお金を使っているかというと、毎日仕事場に行く時に日課としてのアサヒの缶紅茶「ティ・オ・レ」の一一〇円と望月峯太郎氏の連載の始まった『ヤングマガジン』の毎週二三〇円は必要ですね。あとタバコ代も。あとは家賃とか電話代とかは仕方ないけど、あんま考えてないですね。

ハタチの頃すごく貧乏で、とはいっても家付き娘だったので食うところと寝るところのある単なるバイトをしてないプーなだけだったんだけど（イラストや漫画の仕事は始めていたがその月収は三万円ほどだった）、でもすごく幸福だった。おサイフに五円しか無くても友達がおごってくれたり貸してくれたりで何とかなって楽しかった。洋服とかも母の古着とか安物でどうにかしてたし。

でもどちらかというと、お金にうといとか頓着しないというよりも、生活とか日常とか生きてること自体に対する実感がキハクなのかも。植島さんが言うように、なんとなくふわふわして、実体がない感じ。

（ところで私の友人でモノの値段の単位がＣＤになってる人がいます。五千円だと２ＣＤ買えるなとかすぐレート計算をしちゃう。私は一時期アニエスを使ってました。〝１アニエス＝約八千五百円〟）。

⑫
時間

岡崎京子→植島啓司

今回のテーマは「時間」です。

ハッキリ言って、この原稿は超遅れてます。申し訳ない。あの飲んだくれた時間とあのぐーすかぴー寝てた時間をもっと有効に使っていれば……と思うしだいです。

時間というものは、単一に流れるはずのものなんだけど「体感」とか「感覚」で感じる時間の流れというのはまた別のものですよね。「ウゴウゴルーガ」という子供番組は三〇分なんだけど、その情報量の多さと切りかえしの多さで「サザエさん」と同じ時間が流れてるとは思えない「速さ」というか「長さ」なんです。つまり一分しかたってないのにすっごくいっぱい時間がたった気がするの。この「速さ」というか「長さ」というのはCMと同質のものなのね。

CMというのは三〇秒とか一五秒なんだけど、そのカット数の多さですごくいっぱい見た気がするでしょう。

1993.6.1

その情報量というかカット数の多さということでいうと、例えば江戸時代の人と今の平成の私達だと人生の長さがちがうんじゃないかなぁと思うんです。まあ平均寿命がのびたというのもあるけど、同じ五〇年でも私達の方が「長く生きた」感があるんじゃないかと思うわけです。あ、でも「短く生きた」かも知んないな。南の島ですごす一日はのんべんだらり幸福にきもち良く長いけど、東京の忙しい一日ってあっという間だものね。だから「時間」というのは人間にとって絶対「単一」のものじゃないと思うんです。

音楽とかもそう。近田春夫さんが小泉今日子さんに「音楽は時間を濃密にする」という歌詞を書いてたけど、そのとおりだと思う。ダンスしている時も三分間が永遠に思えたりするものね。セックスとかもそうですね。五秒間のキスがむっちゃ長く思えたりするもの。まあそれは記憶の魔力というのもあったりしますが。記憶というのも時間感覚がめっちゃくちゃになるものですよね。夢もそう。五分うたたねしただけでベルトリッチもまっ青の大河ドラマ見たりするもの。映画も時間の芸術ですよね。一時間半から二時間半とかの時間で一日とか一か月とか三年とか二五年とか百年たたせちゃうものね。

この前ビクトル・エリセの『マルメロの陽光』という映画を観ました。

一人の画家がマルメロの樹を描く（または描けない）という映画なんだけど、その只の一本のマルメロの樹が以前植島先生が監修してらした平凡社の本、『生命の樹』の「宇宙樹」に見えるの。どんな作品も時間をそこにとじこめようというこころみなのかも知れませんが。あービール飲みながらの原稿は速いなぁ。うい〰〰。それでは、また。

植島啓司 → 岡崎京子

ぼくの場合、普通の人と時間の使い方が逆で、毎日だいたい朝の七時頃に寝ることにしている。「起きる」のではなく「寝る」のね。いったい身体にいいのか悪いのか、わからないけれど、二〇年以上続いている習慣で、いまさら変えようがない。

結局、「試験勉強で徹夜」というのを、そのまま大人になってもやってるわけ。自分では効率いいと思ってるけれど、本当はダメなんだろうね。生体リズムみたいなものも、きっとあるだろうし。

夜の一時頃から朝の七時頃まで、原稿を書いたり、本を読んだりして過ごす。

1993.6.1

徹夜といえば徹夜だけれども、それから午前一一時過ぎまで眠るので、普通の人とちょっと時間がずれただけかも。でも、その時間帯のずれが大切なわけね。ぼくは昼と夜とでは時間の速度が違うと思っている。そう、夜のほうが同じ一時間でも昼より長い。これは気のせいなんかじゃない。ちゃんと計っていると、夜の一時間は七〇分ぐらいある。効率がいいわけだよね。昼のある時間帯なんか五〇分ぐらいしかないからね、ホント。

ほとんどの仕事を夜の一時頃から朝の七時までにこなす。途中で朝刊が入ると、ひとやすみ。いつもそんな調子で、朝七時からがぼくの睡眠時間、どうやら熟睡するタイプらしく、一二時前には必ず起きる。

どうもこの午前中の時間帯は、時間がとりわけゆっくり過ぎるようで、ここで四、五時間眠ると、普通の八時間ぐらいになるのかも。だから、ここを仕事に当てるともっといいのだろうけど、ぼくはダメ。

午後すぐの時間は、大学で講義をするなり、仕事の打合せ、インタビュー、調べものなど、さまざま。いずれにせよ、あっというまに過ぎる。夕方の六時頃から仕事を切り上げはじめて、いよいよ夜だ。

いつも外で飲みながら夕食をとる。飲んでいるのか食べているのか、さっぱりわからないといった状態。それが夜の一一時から深夜一時頃まで。本当によく飲む。知り合いの編集者はみんな身体を壊しているから、そろそろ要注意かな。

やや早く戻って、深夜一時まで仮眠というのも、なかなかいい。いずれにせよ、毎日同じというのがいいんじゃないかな。内田百閒曰く、ね。

子どもの頃は時間がゆっくり流れると、みんなは言う。たしかにそう。時間の流れには緩急がある。一日でも、大切な時間と、だらだら過ぎていく時間とがある。ぼくは、誰にも大切な時間というのは、おそらく午後五時頃なんじゃないかと思っているのだけれど、本当のところ、どうなんだろう。それじゃ、またね。

1993.6.1

⑬ エロス

岡崎京子 → 植島啓司

こんにちは植島さん、今回のテーマは「エロス」だそうでなんだか植島さんの得意中得意のテーマなのではないかしら？

私にとっては……けっこう難しいですね。私の中で思春期からずっと〝セックス・ワールド⇩ディストピア⇩やだ⇩ノン・セックス・ワールド⇩いいなぁ〟という回路があって、その中で「エロス」というものはセックスからもノン・セックスからもはみだしてしまうとらえどころのないものだったからです。セクシーであることがセックスそのものとはちがうようにエロスもまたどこかとんでもない所から立ちのぼってくるものですから、記憶のように。

何故私の思春期に〝セックス⇩ディストピア〟という短絡的な回路が結ばれたのか、思い返せば一つに〝発情しかけの乙女の反転的な性憎悪〟というのも（もちろん）ありますが、その時なんとなく「繰り返さ

れる性の物語はもう超すりきれてるし出口ないじゃん。もう皆さんはたくさんしてらっしゃるようだし、もう十分だ。もう飽きた。あたしはしなくていい」という処女ならではの発想があったためです（その実いつも〝セックスというものがしてみたいなぁ〟とも思っていたけど）。

バカですね。

それ、は別に単調な物語の繰り返し（発情する→する→エクスタシー→終り→もいちど初めからリピート）というものではなく、その時の、その時だけのその人と、その人とだけにもちうる唯一無比の感覚のぐらつきだったり変容だったりするものだと思います。他人と関係をもつことで生じる自分がこわれてくような感じ。

でも、それでも今はやっぱりセックス自体は分が悪いと思います。三〇年前と比べると二六〇円安です。米ドル並みに下落していると思います。セックスが様々なやっかいごとの塊であり、労多くして益少なしというある種の実感は、確実に私達を浸食しているような気がします。でもやっぱなんとなく体はムズムズ（というか脳か?）しちゃうしなあ。

私が夢想するのはセックスでもノン・セックスでもない「終らないセックス」というやつです。イキっぱなしのやりっぱなしだとか、そうじゃなかった

1993.7.1+8.1

ら永遠の挿入不可とか、初潮も夢精のときもまだ訪れていないコドモのうんこまみれあそびとか、そういうのが好みですね。ゲンジツのセックスは「終り」があるから格が下ですね。〝真夏の昼に夏風邪の微熱があってけだるい昼寝　庭に芙蓉向日葵　娘は十五〟というのが私にとっての「エロス」のイメージだったりします。……小娘くさいですね。

植島啓司→岡崎京子

もうすでにいろいろなところに書いたことなんだけど、ぼくが考える「エロス」とか「エロティシズム」というのは、生物学上の「セックス」とはまったく違う何かなのね。その反対語だと言ってもいいくらい。それは過剰であり、逸脱であり、きわめて精神的なものだと思う。たしかに性的な欲望と不可分に結びついている。だけど、それだけじゃない。

たとえば、A・M・ダニノスによると「エロティシズムとは、性的なものの意識的あるいは無意識的喚起、ないしは明らかに性とは無関係な目的をもつ機能にまで、性現象を拡大すること」であるという。うーむ、ムズカシイ。

このあたりちょっと不安になるんだけれど、愛する『広告批評』の読者の方々は、多少漢字が多くなっても、どんどん読み飛ばしたりはしないよね。「意識的あるいは無意識的喚起」あたりで、次の頁をめくったりしないでしょうね。ちょっと、ちょっと、そう短気を起こしてはダメダメ。これから、これからよ。

エロスがセックスという語よりなんとなくえらく感じられるのは、つまり「うちはセックスだけじゃないのよ」という含みがあるからなのね。セックスは文字通りセックスだけれども、エロスは〈境界線を越えようとするあらゆる試み〉と共通点をもつ、というわけ。

たとえば、ある女が二人の男たちとベッドを共にしているとする。しかも、その女の恋人または夫はそれを知っている。女は一時間ごとに自分の置かれている状況を彼に報告しなければいけない。そんなシチュエーションを考えるといい。エロスとかエロティシズムというのは、ある種の逸脱であって、従来の二人の男女の関係（愛情とか、性とかの）から、ちょっとはずれると、たちまち見えてくる。単なる動物的な性とは違う、かなりテンションの高いものなのね。

そういう意味では、ボリス・ヴィアンの『墓に唾をかけろ』とか、サリンジャーの『ナイン・ストーリーズ』とか、ファウルズの『コレクター』とか、ジ

1993.7.1+8.1

ユースキントの『香水』とかは、本当に最高。最後グチャグチャになるけど、村上龍の『コックサッカーブルース』も、ちょっと違った意味ですばらしい。氾濫する性の情報に想像力で立ち向かう。それが現在アーティストのとるべき戦略だと思うんだけど、そのあたりの事情については、またこの次に。岡崎さん、海外調査に出る前に、バーで一杯飲みたいな。いつにしよう？

⑭ 権力

岡崎京子 → 植島啓司

奇妙な天気続きで脳ミソにもカビが生えてきそうな日々です。植島さんお元気ですか？　私の脳ミソはブルーチーズのようです。嗚呼。

最近、サリー・マンの写真集『IMMEDIATE FAMILY』というのを手に入れました。母であり写真家であるサリーはメデューサのような愛で支配を欲する目と、肉体を物体として視《み》つめる冷ややかな目の両方で幼い娘やその友人達を撮ります。写される子供達はあきらかに無力であり、かつ自らの媚態によってのみ生存を保護されているもの達です。愛しい娘であり、そして奇怪な幼体の肉体をもつ物体としての娘。無力であり媚態で生きる他ないゆえに絶望と拒否の瞳でカメラを見つめ返す娘。そして子供達。やさしくなつかしい家族写真のネガとしての冷たい家族写真。この写真集の中には母と子の関係の緊張したあわいが写されています。支配するものと支配されるもの。カメラによるその構造の転倒。

1993.9.1

権力というものは関係の中で発生する力の磁場とその配分です。最少二人の人間がいればその力は発生し配分は起きます。どんなに対等と思われる友人同士でもその力の配分は50／50とはいかないでしょう。性的関係や恋愛関係ではなおさらです。そして必ず一方の側が片方の側を抑圧する（カメラというものは不思議なものでその構造を瞬時に交替させてしまったりします。恋愛や性的な事柄においてもその役割はまたくるくると変わったりします）。

抑圧はどんな最少の関係でも生じてしまうものです。ただ、今の世の中ではその抑圧の形が一見やわらかくまたいろいろな形ではぐらかされ見えにくくなっています。抑圧があることが問題というのでなくそれが一見すると「ナイ」と見えること。

ＴＶや雑誌などのマス・メディアが〝消費するものこそが王様である〟というレトリックを駆使すること。抑圧を狡猾に塗り込めることで葛藤を滑らかに回避させること。

家庭という「親」と「子」のこんなに分かりやすい権力構造をもちうる場所が、いつの間にか「家族愛」だとか、「母性愛」という愛のよりどころの場所になってしまったのはいつからでしょう？　保護されるものが保護するものから抑圧を受けるのは当然ではありますが、それがや

わらかくあたたかく居心地良くコーティングされたものであったなら？　拒否することもはばかられるような。
今はもう誰も親を金属バットでなぐり殺したりしないのかも知れませんが、だとしたら子供達は誰を殺せばいいのだろうか？

植島啓司 → 岡崎京子

権力というと、まず思い浮かぶのは「虎の威を借る狐」という言葉かな。権力と聞いただけで無条件に反発するほうだけど、その傘の下で調子に乗ってる人間がもっともダメ。

たとえば、最近よく思うんだけど、新聞社の人間と仕事をして、全然いいことがない。どうもヘンチクリンな人間ばかり。どうしてなんだろうね。ぼくは比較的自由な身の上なので、相性のいい人間としか仕事しないほう。で、結論から言うと、だいたい新聞社はバツ。なんだかコンプレックスの固まりといった感じ。社会的にはエリートのはずなのにね。

つい最近のことで言うと、『朝日新聞』の大阪学芸部の記者。彼は原稿依頼の時に三〇分に三度も「書き直しの場合の時間を考慮に入れていただいて

1993.9.1

……」を繰り返す。まだ一行も書いていないのに、だよ。この記者、映画担当なんだけど、いつも下手な記事ばかり。しかも、慇懃無礼そのもの。最初からすっかりヤル気を失うよね。いや、すぐ断ればよかったんだけど、なんとなく引き受けてしまう。経験上、こういう時は絶対ダメ。なんとか書いてFAXで送ると、早速「訂正のお願い」が始まる。ああだこうだと理屈が書いてあるが、どれもペケ。差別問題を強調しろとか、ね。映画は社会問題の反映として見るべき、とかいう信念をもってるらしい。別にいいけど、他人に強要しないで欲しい。自分で書けばいい。もちろん、ぼくの回答は「一行たりとも変更はまかりならぬ」というもの。これでボツ。

ぼくはあまり他人に怒りを爆発させたりしないほうなんだけど。さすがに不愉快でした。ボツなんて、あまり経験ないし。こっちから頼んだわけでもないのにね。ぼくはわりと人の意見を聞くほうで、編集者の意見はだいたい採用する。でも、やっぱり言い方ってものがあるでしょう。

おまけに、数日遅れて出た記者の原稿がヒドイ。明らかにぼくの原稿をベースにしたもの。ただデキが悪い文章になっただけ。多分、デスクがまた彼に輪をかけたダメ人間なんだろうな。お詫びらしき手紙の内容からしてペケ。

いやはや、どうして新聞社って、こんな人間ばかりなの。新聞の編集をしているだけで、自分がエライ人間だと勘違いするみたい。二、三日前に依頼してきた『産経新聞』東京学芸部の記者もキモチワルイ人間だった。本当に権力をもっているなら、それはそれでいいけど、権力のまわりにはヘンなのばかり集まるからね。ホントに迷惑ですね。すいません、単なるうっぷんばらしみたいな原稿で（ぼくも反省しないといけないですね）。ではでは。

1993.9.1

⑮ 年齢

植島啓司 → 岡崎京子

さて、今週のテーマは「年齢」。ぼくは自分自身「年齢」とは無関係に生きてきたつもりだったけど、三年前にNYに客員教授で出かけた時には、さすがにちょっと意識しました。だって、大学院の博士過程の学生を教えたんだけど、全員ヒゲなのね。ぼくだけやたらに若く見える。それもまあおもしろいのだけど、夏のネパール調査をきっかけに、ぼくもちょっとヒゲを伸ばしてみた。生まれて初めてなので、どんな気分かなと思って。

ぼくのヒゲは羊のようにしか伸びないので、第一印象は「ホームレス」。マンハッタンのアヴェニューAとBの間で暮らしていたので、なおさらね。今度久しぶりに戻ったら、家の近所に警官が五、六十名立っているので、びっくりした。住んでいる時は見慣れた光景だったけど、たまに見るとやっぱりギョッとする。スゴイところだったんだなあ。

当時よく「音楽やってるんですか」と聞かれたけど、それもヒゲのせい。ちょっと正装して出かけると、人々の対応がわずかに違うのに気づく。「イエス・サー」と自然に応答が丁寧になる。やっぱりおもしろかったね。ヒゲひとつでアーティストになったり、学者になったり、ホームレスになったりするんだものね。

ぼくは一九四七年生まれで、やたらに自由だとか平等だとか叫んだ世代だった。だから、年齢ごときで人を判断してはいけないと思ってきた。でも、この頃やたらに他人の年齢が気になるのね。たとえば、ある人が三八歳だと聞くと、「ああ、中年のおやじだな」と思う。だけど、一九五六年生まれと知ると、「なんだ、まだこどもじゃないか」となる。同じなのにね。なかなか自分の年齢が客観的につかめない。ただ、自分と同じ年齢の人間に対しては、とても敏感。三菱銀行猟銃事件の梅川昭美、三和銀行オンライン事件の伊藤素子、ロス疑惑の三浦和義、グリコ森永犯(これは推定)ら、ほとんどすべて同い年なのは、果たして偶然だろうか。ビートたけしも。

年齢だとか世代を否定する人も多いけれど、最近なんだかやっぱり無視できない気がする。三か月ほど前にTVで『女性自身』の元編集長と話したのだけれど、ヒットの秘訣は「表紙の人名すべてに年齢を書き込んだこと」と聞いて、なるほどと思わされた。自分と同じ年齢でまだこんなに元気な人がいるとか、

1993.10.1

不幸な人がいるとか知ると、やっぱり記事が百倍おもしろいものね。ところで、岡崎さんと同い年には誰がいるの?

岡崎京子 → 植島啓司

それは〝まさこさま〟です。

二九歳、昭和三十八年/一九六三年生れの同じ射手座。だから他人ごととは思えないというのはウソですが。同じ年齢ラインなのにずいぶんちがっちゃってるなあというのが実感です。あとは(確か)幼女殺害事件の宮崎勤はほぼ同じで、「机9の字事件」の主犯の男の子も近め。Deee-Lite のテイ・トウワ君は同じ学年の一つ年下(同じ学年というのは強い連帯感を感じさせるなあ)。

私達の世代(いわゆる団塊の世代とそのジュニアの間にはさまれたエリアとする)は高度成長期以後の「ライフ・スタイルの多様化」の時代に育ってしまったので、一つの世代のもつ大きな共有感よりも、それぞれ住み分けられ同じ情報を共有する自分が属するエリアに対する執着心、それ以外のゾーンに対する無関心、その二つに引き裂かれてたりする。つまり自分とシュミがちがう人間に対してとても憶病だったり。自意識が強くて他人に対してモロかったり脆弱。アメリカ人だけどブレッド・イーストン・エリスは同じ世代だなーと思う。キャシー・アッカーはかなり上か。ウチのダンナは「バットマン」のティム・バートンを「同じ世代だなー」と言ってました。も少し下の世代のコ達はもっと情報にも他人にもタフでものおじしないんだけど。

まあ、私も自分の年齢が客観的につかめてないです。二八歳で子持ちとかゆうと「大人の女ねえ」と思うけど、実は私より年下なのね。精神年齢と実際の年齢の間にそうとうギャップがあるみたい。でも、そもそも精神年齢というものがあるということ、そう呼ばれていること自体ふしぎなことのような気がします。精神て何だ。

平均寿命が今のように長くなかった時代、「人生五〇年」とされてた時代には一二、三歳で人は大人にさせられてたわけだし、アフリカのどこかの国は今でも平均寿命が三〇歳ぐらいで、二六歳の青年がすでに老人の風格と威厳をもっているというし。江戸時代だったら私なんか大年増というかババアです。社会が変わるにつれ死に対するイメージや年齢に対するイメージが変わってゆくんだろうな。

身体の老化や衰えは時間にはどうしてもさからえないものだけど、それもメインテナンス（医学、ジム・トレーニング、エステ、美容整形ｅｔｃ）の技術の

1993.10.1

向上で今までに無いことが起こりつつある。

でも、この前体力測定みたいのしたら三〇代後半の筋力しかないと言われたんですよね。トホホホ。どうしたらいいの植島先生。

⑯ メディア

岡崎京子 → 植島啓司

メディアというと、まあたいがいはTV・新聞・雑誌・広告とかのマスなものを思い浮かべちゃうけど、メッセージTシャツを着てればそのTシャツやそれを着ている人もメディアだし、語りべとか琵琶法師とか昔語りをしてくれたお婆ちゃんとかもそうでしょう（イタコとか）。頭で考えてたことを字にするってことで紙やエンピツもメディアだったりする。当たり前のことだけど、そのことをうっかり忘れるぐらい私達の生活がマスのものの中に取りこまれている。

なんで（もう）メディアとか情報とかコミュニケーションという言葉にワクワク出来ないのだろう？　旧式な構図では「情報の送り手↓媒体↓情報の受け手」という一方的な流れがあったと思うんだけど、それって今も通用するのかしら？

コンビニエンス・ストアで物の配置や種類が客である私達の欲求にあわせて

1993.11.1

形づくられていること。新開発された郊外のベッド・タウンの計算されつくした都市計画とか。東京のほぼ住み分けの完備したそれぞれの街の機能（新宿は新宿で渋谷は渋谷で丸ノ内は丸ノ内でそれぞれ小さな都市のように充足しているように見える）とか。環境とそこに住む私達自体がなんか（いわゆる）情報化してしまっていて、電気を帯びてピリピリしてるような。

ところで、ポケベルが電子手帳派の子供達にカジュアルに普及してるけど、ああいう電気的なピッピッで相手と交信できるという楽しさ・面白さからだろうなあ。「情報の発信／受信」している気持良さって、ラジオのチューニング合わせただけでもエアコンのリモコンボタン押しただけでも得られるもの。よく私も長電話してて親から「そんなに話したいなら直接逢いなさい!!」とか怒られたけど、あれって電話じゃないとダメなのね。電話線を通じて外と交信する、それがきっとうれしいんだと思う。問題はその「外」が本当は、一体どこにあるのかっていうことなんだろうけど。情報化社会とか言われるけど、その実はある種の統制された情報だけが過多なだけで、まだまだ必要な情報というのはある

はずだけれど。

自分をデータ化して（私って射手座のB型のネコ好きで好きな花はチューリップ）、結局その外に出れないのもバカげた話だけど、そこらへん鏡のような自己愛促進空間だらけの東京で生きていくのは大変なの。

青山スパイラルホールのイベントで、植島さんと荒木経惟さんという強力なお二方にボロボロにされてみたいと願う私です。

でもお手やわらかにね。

植島啓司 ↓岡崎京子

メディアとか情報とかコミュニケーションとかいう言葉が、なにかワクワクさせてくれるようなインパクトをもったのは、もうとっくの昔のこと。現在では、もうちょっと時代遅れの印象だよね。ぼくも『メディア・セックス』とか『ディスコミュニケーション』とかいう本を書いてきたし、メディアの中枢で仕事をしてきたわけだから、他人事として見ているわけではないんだけどね。

基本的に「メディア」というのは、目に見えるものと見えないものとを媒介するもの、と定義できると思う。宗教の「霊媒」も同じ語源なのね。そのあたりまで戻らないと、メディアのもつ意味の豊かさを取り戻せないかもしれない。しばらく前に「フィルム・ビフォー・フィルム」というビデオを見たんだけれど、ページをパラパラめくると絵が動いて見える「パラパラ写真」だとか、アナモルフォーシス、上からこすると絵が浮かび上がる絵本などがたくさん紹介されていて、胸がワクワクした。このワクワクがとっても大切なんです。

ところが、いまマルチメディアとかインタラクティヴ・メディアとか聞いても、ちょっと戸惑いを感じるばかりで、むしろ頭が痛くなるでしょう。誰もよくわかってないからなのね。ただ可能性だけを信じて仕事してるけど、大きなヴィジョンみたいなものがあるわけじゃない。とんでもなく「シンプルで」優秀なものが出てくるまで、まだまだダメかな。

ただ、そのためのヒントとして考えられるのは、「目に見えるもの」の側での進化にポイントを置くこと。デザインとか、形とか、ファッションとか、そういうわかりやすいところから突破口が開けるのではないかということね。人間と機械との接点（マン・マシン・インターフェイス）がつねに問題なんだけど、「目に見えない」側のことはひとまず置いといて、ってこと。

ところで、この頃、あまり字ばかりの本だと読む気がしないのは、老化現象なのかな。世界文学全集全二段組五〇〇頁上下二巻なんていうの、もう絶対読めないものね。『カラマーゾフの兄弟』。『ジャン・クリストフ』。よく読めたよね。いま読む人いるのかな。ちょっと心配です。

理想はＴＶゲームやってるうちに『カラマーゾフ』と同じ情報量が得られること。早くそういう時代がきてくれないかな。ともかく二週間後に岡崎さんと会えるね。写真家の荒木さんも一緒だし、楽しみ、楽しみ。

1993.11.1

⑰

言葉

岡崎京子 → 植島啓司

この前のスパイラルはお疲れ様でした。私は何か上手く喋れないでごめんなさい。ああいうイベントの時とかって何を話しているかという内容もさることながら、客席の方へどう体がサービスするかがとても難しい。エンタテイメントというか芸能の領域のものを要求されるから。ふにゃー。しかし芸能の道はきびしいのだ。

ところで私は最近、占いに興味をもち始めました。見てもらうだけだけど。プロの人に見てもらったのは一回。あとは友人や友人の夫君の母君とかにお食事のついでにというのが数回。それが大体、ほぼ同じことを言われるんです。ただ、そのことを言う言い方がそれぞれの人で違う。

見てもらうのは手相と人相と声（プロの人は水晶と霊視もやって下さった）。

占いで面白いのは、今までの人生のデータはすべて体に出ているんだということ。占い師さんはそれを読み解く技術をもっててそれを私達に伝えてくれる。

そのデータを翻訳してくれる時の言葉が人それぞれで本当に違っていて、ある人は詩のように言うし、ある人は辛口のお説教のようだし、ある人はやわらかーくおみくじみたいな言葉を使うし。これはあくまで過去のハナシで未来のことは当たるかどうかは「？」。

でも「断言されること」でけっこう納得してしまったりもする。

占いって、日本だとアメリカあたりの精神セラピーの役割を果たしている。きっと。

精神セラピーだと自分の状態や不安の質を全部言葉にしてセラピストに伝えなければならないし、そうなると私なんかセラピストが喜ぶような「お話」をついつくってしまいそう。ほら、病院なんかに行くとつい病状が軽いとお医者さんに悪いなと思って実際より大げさなことを言ってしまうように。

占いだと体の一部分を見せたり、へたをすると占い師さんが勝手に何もまだ言ってないのに何か言ってくれたりする。楽ちんではある。不思議で面白いし。それに何よりホッとする。

言葉によってあらわになることと逆にあいまいになってしまうこと。その二つの両極の間でぎこちなく私達は言葉をたぐって使う。「すみれ」という言葉は知っていても「すみれ」の花のことは何も知らなかったりする私達。

1993.12.1

この連載も今回が最終回です。私のつたない話にずっとお付き合い下さった植島先生、そして読者の皆さま本当にありがとうございました。またね。（そして超遅い原稿を待ち続けて下さった笠原さん、お疲れさま）

植島啓司 ↓岡崎京子

ちょっと前に国立能楽堂で友枝昭世がシテを演ずる「井筒」を見てきました。えっ、そんな趣味があったの、と言われそう。まあ、全然自分勝手に見るだけで、とても「鑑賞」とは程遠いもの。どうでもいいの、そんなこと。ただ、ぼくは狂言の山本東次郎氏が好きで、その奥さんである由美さんにいろいろアドバイスされている。あまりバカなこと言わないように。

さて、今回の「井筒」の興味は、友枝昭世が、まだあどけなさの残る若い女を演ずるという点だけど、特に、後半に入り、業平の衣装を着けて男姿で舞うシーン。つまり、男が女を演ずるが、その女に男がのりうつる、というなかなか倒錯的な場面なのね。

ぼくはヒネクレ者だし、ちょっとでも退屈だとすぐ眠ってしまうので、まともな鑑賞はムリ。ただ感覚的にピピッときたものだけしか残らない。今回の

「井筒」はとってもセクシーで、そういった意味では抜群だった。やっぱりセックスというのは、横断する瞬間にその秘密が開示される。何も余分なものがないほうがいい。そんなことをアレコレ考えながら、最終の新幹線に飛び乗ったのでした。

やっぱり能とか狂言って、不思議。だいたい昔の言葉だし、それも能面を通してしゃべるから発音はわかりづらいし、コミュニケーションとしては最悪のシチュエーション。それでも、なにかがズンと伝わってくる。多分、言葉が「肉体」を持っているからなのね。つまり、どの言葉も、ただ話されるのではなく、語られる。独特の謡われかたがあるのね。ただぼんやり聞いているだけで、それ自体のツヤとか響きとか触感に近いような手触りまで伝わってくる。これは本当に大事なこと。

たとえば、ある言葉を一番端の人に伝え、次々と伝えていくうちにどんどん言葉が変化してしまうというゲームがあるでしょ。あれでいくと、もう次の人までも伝わらないような要素、それが能とか狂言を支えている。情報としてはもっとも意味ない要素。なかなか変換のきかない要素。

人はモノを伝えようとすると、まず意味の伝達を考える。だけど、もしかしたら、ぼくらは実はそんなことにはあまり関心ないのかもしれない。意味なん

1993.12.1

てどうでもいい。むずかしいのはダメ、テレビを見る人は、ほとんど俳優の顔しか見てない、というデータもある。

ぼくは現在『メディア・セックス』日本版をつくっているんだけど、わかっていそうでわかっていないことって、いっぱいある。能や狂言はそのいいお手本かもしれないですね。それじゃ、岡崎さん、みなさん、またね。

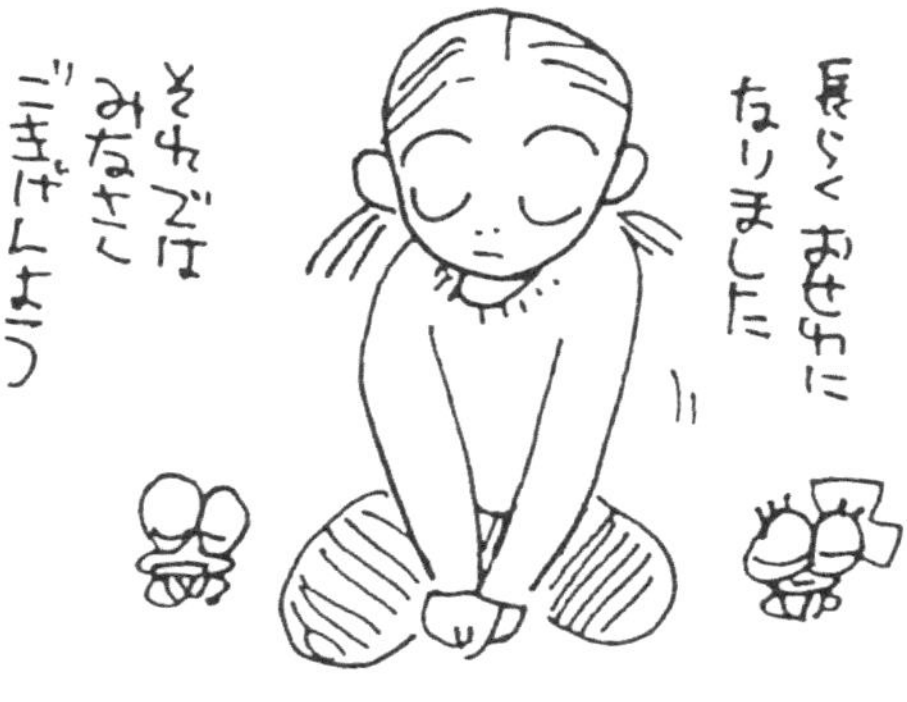
長らくおせわになりました
それではみなさんごきげんよう

岡崎京子さんとの愛の日々

植島啓司

二〇年以上経って、あらためて読み直してみて、ちょっと照れくさかったけれど、なつかしさでいっぱいになった。この「コトバのカタログ」は一九九〇年代初めに『広告批評』に連載されたもので、ぼくにとっても、とても新鮮な体験だった気がしている。当時、岡崎さんは二八歳、超人気漫画家としてひっぱりだこ、ぼくは四四歳、ニューヨークに客員教授として出かけて戻ったばかり。二人ともノリにノッテいる時期だった。

当時から思っていたことだけど、岡崎さんの文章は本当にユカイで読んでいて楽しい。やさしさとユーモアがいっぱいあふれていて気持ちがいいし、時代の動きも的確につかまえている。この企画がなかったら忘れ去ってしまったような事柄もいっぱいある。岡崎さんとは、実際にお会いしたのはわずかに三回くらいだというけど（岡崎さんいわく、「それにしても植島さん、私達、実は三回ぐらいしかお逢いしたことないんですわね。何か、変だわ」１９０ページ）、すばらしい日々を共有したとい

2015.1.1

う実感がある。実際に肉体を重ねあわせた相手よりも親密だったような気がしている。もちろん今でも。

ぼくが特に好きなのは、「ライブ」の回、岡崎さんが「ライブ」と「クラブ」のちがいを実際の経験をもとに書いているところ、それと「結婚」の回、結婚は「愛の学校」だというところ、さらには「エロス」の回で、とってもデリケートな感覚を語っているところなど、やっぱり当時ピークを迎えようとしている岡崎さんの才能のきらめきがいっぱいに感じられる。

また、岡崎さんが紹介している雑誌『ポパイ』の特集「もう女のコなんていらない！」なんて当時としてはすごい企画だったんだなあと感心させられる。ずっと「もう男のコなんていらない！」と言われ続けてきたことに対する反撃なんだろうけど、二〇一五年のいまになってそれが現実化しているのがわかってくる。しばらく前に『ヘルタースケルター』が映画化されて大きな話題になったし、岡崎さんがいかに時代を先取りしていたかということをみんなに知ってもらえて本当にうれしかった。これからも、いつまでも刺激を与えてくれますように。また会おうね、岡崎さん。

解説

キタイとキボウの時代は終わっても

古市憲寿

歴史年表を見る限り、「九〇年代」は「解体」と「終焉」の時代であった。

一九九一年に日本ではバブルの崩壊が始まり、隣国のソ連は解体消滅した。九五年の阪神淡路大震災と地下鉄サリン事件は多くの人命を奪った。同じく九五年には高速増殖炉「もんじゅ」、九九年には東海村でそれぞれ原子力事故が起きている。さらに九七年には山一證券と北海道拓殖銀行が経営破綻、大企業のリストラも相次いだ。戦後の安定した日本社会が、いよいよ解体され始めたのである。

経済成長率の推移を見ても、一九九一年を境に日本は長期不況に突入している。「九〇年代」は戦後の高度成長期、安定成長期を通して築き上げてきた経済大国・日本の「解体」と「終焉」が始まる時代だった。

だけど、岡崎さんは「オカザキ・ジャーナル」の第一回でこんなこと

2014.12.13

を言っている。「「平成」と「九〇年代」という解体と終焉にさえ見はなされた時代にどっこいそれでも私たちは生きています」。

果たしてどういうことだろうか。「九〇年代」は「解体」と「終焉」の時代ではなかったのか。「オカザキ・ジャーナル」の連載開始は一九九一年一月。さすがの岡崎さんとはいえ、始まったばかりの「九〇年代」を十分に予見できなかったのだろうか。

謎を解くために「オカザキ・ジャーナル」を読み進めていこう（一応ここで解説っぽいことを書いておけば、本書は『朝日ジャーナル』で一九九一年から九二年にかけて連載された「週刊オカザキジャーナル」と、『広告批評』で九二年から九三年にかけて連載された植島啓司さんとのＦＡＸ通信を初めて書籍化したものである。岡崎さんが二七歳から三〇歳にかけて書いた文章だ）。

岡崎さん曰く、「昭和」は、「歴史をもったものが終焉をむかえるに至る「痛み」みたいなもん」に重なる。一方で、「終わってしまったあとも生きている」のが「平成」の気分。

こんなことも言っている。「八〇年代」は「終わってゆく」ことに対して、「キタイとキボウの時代」であった。昭和天皇崩御と共に訪れた一九八〇年代末には、確かに「解体と終焉」が存在していた。

しかし、次に訪れた「九〇年代」はどうなったか？

それは「悪しき八〇年代の亡霊」が跋扈する時代だった。「一見リニューアルしてピカピカしてるけど実はもう中は腐っていて使いものにならないガラクタ」が、世の中を胡散臭くさせている。

本書に収録されている「コトバのカタログ」では、こんな表現も使っている。「私個人としては昭和が終わり平成の世になってから、それぞれの細胞の細胞膜がトロけてなにもかもなしくずしに一つの生物になってしまったような印象をずーっと持ってますの」。だから「時間と時代の感覚がぼやけて」いて、今が「九二年」と言われても「実感がない」。

岡崎さんの言葉を社会学風に言い換えれば、「八〇年代」まで存在していた「大きな物語」が崩壊し、社会が流動化したのが「九〇年代」ということになるだろうか。みんなが同じ何かを信じられた「八〇年代」は、同時に「終わってゆく」という感覚も持てる時代だった。しかし、もはや「九〇年代」には、終わらせるべき共通の物語が存在しない。

もしそうだとすれば合点がいく。マクロで見れば、「九〇年代」は「解体」と「終焉」の時代でありながら、実のところそれは、何度「解

2014.12.13

体」と「終焉」らしきものが訪れても、日常に回収されてしまう時代だったのではないか。

たとえば「オカザキ・ジャーナル」の連載中には、湾岸戦争が起こっている。岡崎さんのみならず、たとえば吉住渉さんの描く『ハンサムな彼女』の登場人物までもが「海の向こうの戦争」について語っていた。岡崎さんは「本物の戦争」への興味を隠さず、一号をまるまる湾岸戦争への考察に当てている。

しかし翌週にはもうバリ島の話をしている。その翌週には「私たちは戦時中の人々なのである。へんな感じ」と述べながらも、主題は自分の「やる気のなさ」。そして少しずつ「海の向こうの戦争」は「少年の心」や「私の志集」といった話題の陰に隠れていく。

一九九一年の終わりには「今年の十大ニュース」を考えるも「何も無かった気がする」と総括する。もちろん「戦争もあったし、ソ連もあんなことあった」し、「雲仙も大変だった」。そう、一九九一年には雲仙普賢岳の噴火も起こっていて、死者・行方不明者は四三名にも及んでいる。振り返れば大変な年だったな、一九九一年って。

だけど「個人的なことしか信じない」岡崎さんにとって、やはり一九九一年は「何も無かった」年だった。むしろ「生きているというリアリティの白さ、ウスさ」に拍車がかかった。これは何も岡崎さんがそれほど社会に無関心だったというわけではない。むしろ、時代と併走した人にこそ言える、正直な「一九九一年」の「感想」だろう。

学者や評論家の悪いところは、マクロなデータだけを信じて、「時代」を語ろうとしてしまうことである。

たとえば、「一九九五年」に戦後日本社会の断絶を求める議論がある。阪神淡路大震災、地下鉄サリン事件という実際の「厄災」に加えて、日経連「新時代の「日本的経営」」が発表され、「個性」の発揮を求める新自由主義的な社会文化の抑圧作用が意識」されだしたのが一九九五年だというのだ（中西新太郎編『一九九五年』大月書店、二〇〇八年）。

確かに阪神淡路大震災、地下鉄サリン事件も日本を揺るがすような大きな事件だったことは間違いない。連日のようにマスメディアはこの事件を報道していた。小学生だった僕も、学校で募金をさせられたり、被災した子どもへの手紙を書かされたりもした。

だけど、それは「一九九五年」という時代の、ほんの一部に過ぎない。一九九五年とは、安室奈美恵に憧れるアムラーたちが渋谷の街を闊歩し、プリクラなど女子高生発のヒットが数多く生まれ、「バーチャファイター」が大流行し、小沢健二が「カローラIIにのって」を発表した年である。

特に、阪神大震災から二か月後、地下鉄サリン事件の五日前に発売されたH Jungle With tの「WOW WAR TONIGHT」はオリコンチャート七週連続一位を獲得、二〇〇万枚のヒットを記録している。大震災が起ころうと、地下鉄でサリンが撒かれようと、警察庁の長官が狙撃されようと、当時の人々は「たまには肩を並べて飲もうよ」とこの歌をカラオケで熱唱していたのだ。

たとえ「解体」と「終焉」に見えるような大事件が起こっても、全ては終わりなき日常に回収されてしまう。それが「九〇年代」だったのではないか。

思えば、岡崎さんの代表作『リバーズ・エッジ』も「九〇年代」の作品だ。セックスも暴力もドラッグも盛りだくさんで、リアルで殺伐とした世界観。消費や恋愛を全面に押し出したポップでオシャレな作品群とは一線を画しているように見える。だけど『リバーズ・エッジ』でも、登場人物のほとんどは、そして物語それ自体も、最後には日常へと戻っていく。

どんなに望んでも「解体」と「終焉」は訪れない。なぜなら、全ては「細胞の細胞膜がトロけてなにもかもなしくずしに一つの生物になってしまった」時代に飲み込まれていくだけだから。ごく個人的な「解体」と「終焉」はあるかも知れないけれど、それも「日常」という「一つの生物」に回収されていくから。

八〇年代末が昭和の終わりと重なったように、九〇年代末は二〇世紀の終わりと重なった。一〇〇〇年ぶりの世紀末は、「解体」と「終焉」にふさわしそうな時期である。

小室哲哉さんがこんな証言を残している。小室さんが率いる音楽グループ「globe」は一九九八年にサードアルバムを発売したのだが、そのタイトルは当初「edge」だった（中谷彰宏・小室哲哉『プロデューサーは次を作る』飛鳥新社、一九九八年）。

平成不況が続く、世紀末の日本。当時、ロサンゼルスに住んでいた小室さんは、日本にも「終末的エッジ感が出てきたのではないか」と想像していたという。

しかしいざ東京に戻り車窓を眺めていると、そこには「edge」という言葉の響きとはほど遠い雰囲気があった。街を行くカップルたちがとても「世紀末なんだね」なんていう会話をしているとは思えない。それよりも「もう一度二人の愛情を確かめ合いたい」といった雰囲気がひしひしと伝わってきた。アルバムのタイトルは急遽「Love again」に変更されたという。

そう、結局「九〇年代」は世紀末を迎えてもなお、終わることがなかったのだ。一九九一年の段階で、岡崎さんには見えていたのだろう。何が起ころうと「解体」もされないし、「終焉」も訪れないのが、「九〇年代」だと。

しかし同時に「オカザキ・ジャーナル」に見て取れるのは、「九〇年代」の始まりにおいて、何とか「八〇年代」を終わらせなくてはという感覚である。「この時代に生きようとする以上、「悪しき八〇年代的なもの」はすべてゴミ箱に廃棄するべきだと私は思っている」とは強烈な決意表明のように読める。

もしかしたら「九〇年代」とはそれ自体が「解体と終焉」が義務づけられた「八〇年代」へのレクイエムであり、戦後処理だったのかも知れない。「コトバのカタログ」の中で岡崎さんが大絶賛している「ウゴウゴルーガ」を補助線に考えてみよう。

「ウゴウゴルーガ」とは、一九九二年から一九九四年にかけてフジテレビ系列で放送された子ども向け番組である。当時としては珍しいCGを多用し、短いコーナーを次々に放送していくシュールな構成が話題を呼んだ。岡崎さんも「ぶっとばすスピード感がたまらない」「無重力なもの、物質のようで物質でないものとかすごくチャーム」と感想を述べている。

「ウゴウゴルーガ」とは、「八〇年代」と「九〇年代」をブリッジするような番組だった。総合演出を担当したフジテレビの福原伸治さんは、「ウゴウゴは八〇年代を引きずっている番組なんです」と語っている（『ROLa』二〇一三年一一月号）。それまで深夜番組に集中していたサブカルを前面に出したのが「ウゴウゴルーガ」だったという。

「ウゴウゴルーガ」という存在は言ってみれば、九〇年代のテクノロジーの力を借りて、「八〇年代」の終焉を告げるような番組だった。「ウゴウゴルーガ2号」のオープニング曲「東京は夜の七時」がそれを象徴している。バブルというお祭りは確かに終わってしまったけど、「お祭りの終わり」を告げるエンディングテーマが「ウゴウゴルーガ」だったのではないか。

では、「ウゴウゴルーガ」が終わり、次に何が始まったのだろうか。「ウゴウゴルーガ」に後番組はない。正確には同じ時間帯には「めざましテレビ」が始まり、また朝の子ども向け番組というコンセプトでは「ポンキッキーズ」が近いが、そこに「ウゴウゴルーガ」的サブカル性はない。

だけど「ウゴウゴルーガ」が解体され、終焉を迎えたかというとそうではない。「ウゴウゴルーガ」的な世界は、プレイステーションの「パラッパラッパー」や「せがれいじり」など、テレビを超えた世界へと偏在していった。

それは岡崎作品も同じだ。安野モヨコさんはもちろんのこと、オカザキ的世界観は矢沢あいにも浜崎あゆみにも偏在している。ここには名前を挙げきれないくらいの作品に、岡崎京子は偏在している。だけど、もともとそれがどんな時代の、どんな文脈を背負って生み出されたものかを、みんなが覚えているわけではない。

告白すれば僕もそうだった。実はこの解説を書くに当たって、初めて岡崎さんの言葉を読み、マンガを読んだ（ちなみに小沢健二の曲もまともに聴いたことがない。両者とも、ファンや評論家が思い入れたっぷりに、過剰な作品論、人物論を交わす伝説的な存在。それがなんだか重すぎて今までずっと敬遠していた)。

だけど、初めて読んだ岡崎さんの言葉とマンガは、とても懐かしかった。「この表現知ってる」「この雰囲気知ってる」「こういう人物知ってる」。そんなことの連続だった。もちろん文化とは、文芸とは混じり合うものだから、岡崎さん一人が「九〇年代」のルーツではない。だけど、僕が生きてきた世界、触れてきた作品たちが、想像以上に直接的、間接的に岡崎さんの影響を受けていることを知った。

それにしても、もう二〇一〇年代も半ばである。「九〇年代」からは遠いところまで来てしまった。

「オカザキ・ジャーナル」が連載されていた頃、「天下の朝日」と呼ばれていた朝日新聞社は相次ぐトラブルに右往左往している。あれほど好調だったフジテレビは低視聴率に苦しんでいる。湾岸戦争のような「見える戦争」は減り、最近ではテロと暗殺が流行して、まるで中世みたいな時代が訪れつつある。

だけどそれでも「九〇年代」は終わらない。だから、現存する「九〇

2014.12.13

年代」は時に奇妙で、時に目を背けたくなるほど歪んだ形をしていることがある。「解体と終焉にさえ見はなされた時代」も、どうやら劣化はするようである。

しかし当面のところ僕たちは、「九〇年代」（という名の「八〇年代」へのレクイエム）を引き受けていくしかないようだ。たとえ『ヘルタースケルター』のりりこのようになっても。なぜなら、オルタナティヴがないからである。

考えてみたら、この解説自体もやたら「九〇年代」的だ。一つ一つの言葉に過剰に意味を読み込み、ありもしない空論を組み立てているのかも知れない。だけど、他の文法を知らないのだから仕方ない。「九〇年代」の延命処置だけで、何とかここまで乗り切ってきた。だけど、これからは？　いつまで僕たちは「九〇年代」を続けるのだろう？どこかに生まれている「九〇年代」ではないものが、長かった「九〇年代」を終わらせてくれるのだろうか？

だけど、どうやらそれはまだ先のことのようだ。だって「オカザキ・ジャーナル」も「コトバのカタログ」も、まだ過去のものになっていないからである。この本は幻の連載の復刊などではなく、たまたま出版時期が遅れたエッセイの書籍化である。

「一見リニューアルしてピカピカしてるけど実はもう中は腐っていて使いものにならないガラクタ」を抱えながら「どっこいそれでも私たちは生きています」。岡崎さんも、変わらず元気だといいな。

（ふるいち・のりとし　社会学者）

2014.12.13

初出

オカザキ・ジャーナル

『朝日ジャーナル』（朝日新聞社）一九九一年一月四日・一一日号〜一九九二年五月二九日号に「週刊オカザキジャーナル」として掲載。

コトバのカタログ　植島啓司と岡崎京子のＦＡＸ通信

『広告批評』（マドラ出版）一九九二年六月号〜一九九三年一二月号に「植島啓司と岡崎京子のＦＡＸ通信　コトバのカタログ」として掲載。

植島啓司（うえしま・けいじ）　宗教人類学者。一九四七年一〇月二五日、東京生まれ。東京大学大学院人文科学研究科（宗教学専攻）博士課程修了後、シカゴ大学大学院に留学、M・エリアーデらのもとで研究を続ける。ニューヨークのニュースクール・フォー・ソーシャルリサーチ（現ニュースクール大学）客員教授、関西大学教授、人間総合科学大学教授などを歴任。七四年より、ネパール、タイ、インドネシア・バリ島、スペインなどで宗教人類学調査を続けている。著書に『男が女になる病気――医学の人類学的構造についての三〇の断片』『分裂病者のダンスパーティ』『処女神――少女が神になるとき』他多数。

岡崎京子（おかざき・きょうこ）　漫画家。一九六三年一二月一三日、東京生まれ。著書に『pink』『東京ガールズブラボー』『リバーズ・エッジ』『ヘルタースケルター』『森』『ぼくたちは何だかすべて忘れてしまうね』他多数。一九九六年五月、交通事故に遭い、現在療養中。目下、苦手なパソコンの猛特訓を続けている。二〇一五年一月二四日より三月三一日まで、世田谷文学館にて初の大規模展「岡崎京子展――戦場のガールズ・ライフ」開催。

日本音楽著作権協会（出）許諾第1416879-401号

オカザキ・ジャーナル

二〇一五年一月三〇日　初版第一刷発行

著者　岡崎京子
発行者　西田裕一
発行所　株式会社　平凡社
郵便番号一〇一-〇〇五一
東京都千代田区神田神保町三-二九
電話：〇三-三二三〇-六五八四（編集）
〇三-三二三〇-六五七二（営業）
振替：〇〇一八〇-〇-二九六三九
デザイン　祖父江慎＋鯉沼恵一（cozfish）
印刷・製本　中央精版印刷株式会社

ISBN978-4-582-83682-0　NDC分類番号914.6
四六判（18.8cm）　総ページ272
平凡社ホームページ　http://www.heibonsha.co.jp/